俳句交換句ッ記

堀本裕樹

才人と俳人

集英社

才人と俳人　俳句交換句ッ記

目次

才人と俳人　俳句交換句ッ記

才人と
俳人

小林聡美

こばやし・さとみ

俳優。1965年東京都生まれ。82年の映画「転校生」でスクリーンデビュー。映画、ドラマ、舞台での活動の他に、エッセイも執筆。著書に『ワタシは最高にツイている』『読まされ図書室』『聡乃学習』『わたしの、本のある日々』など。

季語

新涼

新涼や寄席に幟《のぼり》のはためける

聡美

秋涼しデ・キリコの旗永《と》久《わ》に靡《なび》く

裕樹

小林聡美から

今年二〇二〇年は春から地球レベルで波乱含みな世の中だった。夏の暑さも年々命の危険を感じるほど厳しくなっているし、もういい加減、経済経済といってやたらと大きなビルを建てたり、必要のない電光掲示板とかを街中に点滅させるのは控えてくれたらいいのに、と東京の片隅で小さな拳をあげている。

街中が外出自粛となったときの、あの空の青さ。それはまさに経済活動というものが一斉に停止したことで、取り戻すことができたものだったのではなかろうか。リモートワークでいつもより忙しかったというひともいたに違いないが、急に時間がたっぷりできて、遊歩道や公園を散歩したりランニングしたりするひとたちの、どこか充実した雰囲気。みんながちゃんと休むことは地球にも生きものにもいいことなんだな、と思ったものだ。

その間にも、私はライブ配信で演劇や音楽を楽しみ、オンラインで句会に遊び、ズームでヨガ教室にも顔をだしてみた。それらは家に居ながらにして十分楽しめる新しい体験で、とても新鮮だった。しかし、それはそれとして。

そろそろ本物を味わいたくないですか。

地球にも生きものにもたいへんな季節をなんとか踏ん張ってきたけれど、今、かつてみんなで同じ空間で感動を分かち合えたことが、懐かしくてしかたがない。厳しい夏の暑さを過ぎてふと感じる涼しさにほっとするように、そろそろ私たちにも、そんなほっとするリアルな時間が欲しいところだ。はためく寄席の幟は、そんな憧れの象徴として。

堀本裕樹より

ジョルジョ・デ・キリコの絵に興味を持ち始めたのは、片岡義男さんの「風に吹かれて謎になる」という一篇のエッセイを読んでからだった。そこにはこうある。「謎と言えば、彼の絵のなかで僕にとって最大の謎は、塔や建物の頂上でいつも強い風に吹かれてはためいている、細長い三角形の旗たちだ。あの旗ほどに魅力に満ちた謎を、僕はほかに知らない」

どうしてそんな話をするかというと、小林聡美さんの一句に触発されて、僕の頭のなかで「幟」が、デ・キリコの絵のなかの「旗」に不意にすり替わったからだった。

では、なぜすり替わりが起こったのか。小林さん主演の映画「キリコの風景」が頭をよぎったからである。小林さんの役名が「霧子《きりこ》」であり、また物語の舞台となる函館《はこだて》がまるでデ・キリコの絵のような不可思議な風景として描き出されているのが印象的な、切ない恋愛映画であった。だから「幟」が謎の「旗」に転化されて、この句が浮かんできたのである。

落語好きの小林さんが「憧れの象徴として」寄席の明るい句を詠まれたのに、僕は正反対にも都市封鎖のイメージにもつながるようなデ・キリコの形而上学的《けいじじょう》風景画の不穏な世界で返歌したのが妙なことだ。ちなみに季語を「新涼」の傍題「秋涼し」にしたのは、この句には「秋」の語感が必要だと思ったからである。デ・キリコの風景画に漂う影と憂愁と寂寥《せきりよう》感には、秋の涼しさがよく似合う。秋風に吹かれるデ・キリコの旗は果てしなく寂しく、やはり謎なのだ。

デ・キリコの絵は二度にわたる世界大戦を生き延びてきた。そしてパンデミックの現世を超えて、後世の人々にも観《み》られてゆくのだろう。描かれた旗の謎は、いつまでも解かれぬままに。

季語解説

新涼［しんりょう］　〝立秋後に感じる涼しさ。（中略）夏の季語「涼し」が暑さを前提とし、その中で捉える一抹の心地よさを喜ぶものであるのに対して、「新涼」は暑さが去りゆくことを体感としてにわかに実感するものである〟（『合本俳句歳時記　第五版』角川書店編より）。傍題に「涼新た」「秋涼し」など。

小林エリカ

こばやし・えりか

作家・マンガ家。1978年東京都生まれ。2014年『マダム・キュリーと朝食を』が三島由紀夫賞、芥川龍之介賞の候補に。その他の著書に『親愛なるキティーたちへ』『光の子ども』『トリニティ、トリニティ、トリニティ』『最後の挨拶　His Last Bow』等。

季語

小鳥

小鳥たち交わり散ってここは未来

エリカ

舌と舌離るる刹那《せつな》小鳥来る

裕樹

小林エリカから

小鳥、といういただいた季語からアナイス・ニンの「小鳥たち」
という作品を思い出し、絵を描かせていただきました。

堀本裕樹より

小林エリカさんの絵は、アナイス・ニンの短編「小鳥たち」を思い出して描かれたということだったので、早速古書店から取り寄せて読んでみたら、いきなりエロティックなアッパーカットを喰《く》らった。この絵は「小鳥たち」を読まずに観るか、読んでから観るかで大きく印象が違う。読んでから絵をもう一度じっくり観た。するとどうだろう、「小鳥たち」に登場するロリコン画家の妖しい眼差《まなざ》しが、まるで自分にも憑《と》りついたように情欲を宿した視線が混じっていることに気づいた。これは「小鳥たち」に煽情《せんじょう》されて起こった眩惑《げんわく》と、この絵の二人の少女に秘められた性愛と清廉のない交ぜになった姿態のせいであろう。

一方、エリカさんの句のほうは絵に比べて向日性がある。そして「小鳥たち交わり散って」までを現在とすると、急に「ここは未来」と時制がジャンプする不思議さを感じた。「未来かな」と字余りを避けて五音に収めることもできるが、それではこの句はつまらない。「ここは未来」の字余りに、映画「バック・トゥ・ザ・フューチャー」のような何か時空の歪《ゆが》みに似た響きを感じさせるのである。小鳥たちはいったいどんな未来へ羽ばたいていったのだろう。

僕の句は、「小鳥たち」の「鳥たちは非の打ちどころなく美しく、さえずったりキスしたりけんかしたりしていた」の一文に打たれた瞬間、なぜか人間のキスシーンにすり替わってできた。エリカさんの「未来」に対して、僕は絡め合った舌と舌とが離れる「刹那」を詠みこんだ。仏教用語である「刹那」は一説によると、一弾指《いちだんし》（指ではじく短い時間）の間に六十五の刹那があるという。そんなごく短いエロスの隙間に小鳥が割り込んで羽を輝かすのだ。

季語解説

小鳥［**ことり**］　〝俳句で小鳥といえば、秋、日本に飛来する小鳥、また留鳥のカラ類など山地から平地に下りてくる小鳥のことをいう。尉鶲《じょうびたき》や連雀《れんじゃく》、花鶏《あとり》、鶸《ひわ》、鶫《つぐみ》などの小鳥は十月上旬から下旬にかけて、日本に渡ってくる〟（『合本俳句歳時記　第五版』角川書店編より）。

宮沢和史

みやざわ・かずふみ

音楽家。1966年山梨県生まれ。89年、THE BOOM のボーカリストとしてデビュー。作家としては、中孝介、岡田准一、喜納昌吉、KinKi Kids、坂本龍一、夏川りみ、平原綾香、MISIA、矢野顕子など、多くのミュージシャンに歌詞や楽曲を提供。バンド解散後、2018年より歌手活動を再開。沖縄県立芸術大学で非常勤講師を務める。

季語

月

送り火の消えて手を引く月明かり

和史

十六夜《いざよい》の月へ歌へよ月の歌

裕樹

宮沢和史から

送り火とは、この世に迎え入れた先祖の魂を黄泉《よみ》の国へと送るための光だが、送り火が消えた後でも、明るい月が昇れば御霊《みたま》が帰り道を間違うことはないだろう。この句の発表は十月だから、「月」のお題は初秋の季語として詠むべきではないだろうが、世界中を巻き込んでいるCOVID-19によって、例年のように季節を味わうことができず、さらに、今年（二〇二〇年）は梅雨が長く、日本らしい夏を体感する前に立秋を迎えてしまった。そこで、せめて句の中で夏を少しだけ引き止めておきたかった。

自分は音楽家であるが、二月の終わり頃からコンサートはもちろんのこと、各地のイベントや講演活動など、決まっていた仕事が一つずつキャンセルになり、自身のコンサートもなかなか日程を組めなかった。自宅から音楽を配信することも試みてはいるが、音楽のダイナミズムを表現するには窮屈だ。歌詞を音楽に乗せる自分のような方法論では、コロナ禍においてメッセージを発するのは非常に難しい。未来がどっちなのか方角さえわからない暗闇を進むために歌う音楽を生み出すのはなかなか困難だ。せめて光さえ見えれば「今は耐えながら一歩ずつでも前に進もう」と歌うこともできるのだが……。

今年は灯籠流しや沖縄のエイサーなどの行事が中止になり、お盆に先祖を迎え入れ、歓待し、あの世へ送り出すことができなかった。COVID-19は生きている人間の自由を奪うだけではなく、死者の自由をも奪うのだ。

そんなこともあり、十月ではあるが盆の月を浮かべてみた。

堀本裕樹より

青春時代に聴いた歌は忘れがたく、いつまでも胸の奥底に残っているものだ。僕にとって「THE BOOM」は青春のあらゆる場面に一等まばゆい彩りを与えてくれた特別なバンドである。宮沢和史さんの歌声は、僕を何度も強く励ましてくれた。何度も優しく包み込んでくれた。何度も郷愁を誘い、甘く切ない気持ちにさせてくれた。ラジカセから流れてくる宮沢さんの声に合わせて、一人の部屋で泣きながら歌ったことが何度あっただろう。

音楽家として宮沢さんは、この水の惑星の大きな自然のなかで人間が生きてゆくことの意味を問い続け、人生の機微を繊細に鋭く感じ取りながら、歌作りをされてきた。それは宮沢さんの今回の一句とエッセイを読んでみて、改めてそう感じたのである。

送り火の句は、優しさに溢《あふ》れている。「送り火が消えた後でも、明るい月が昇れば御霊が帰り道を間違うことはないだろう」の一文からも祈念と温かさが伝わってくる。月光が御霊の手を取って帰路を照らし導いてくれるという眼《め》には見えない情景を、宮沢さんは祈りを捧《ささ》げるようにこの句で見せてくれたのだ。

僕の句は、宮沢さん作詞・作曲の名曲「十六夜月に照らされて」へのオマージュである。この曲にも何度も勇気をもらい、一歩でも前に進むことの大切さを教えてもらった。「十六夜の月」は陰暦八月十六日の月のことで、前夜の満月より少し遅れてためらって出ることからそう名づけられた。こんな状況だからこそ、月を仰ぎ、そこに御座《おわ》すであろう神に祈りを込めて月の歌を捧げたい。いつかライブ会場で、心置きなく合唱できる日が来ることを願いつつ。

季語解説

月［つき］　〝月は四季それぞれの趣があるが、そのさやけさは秋にきわまるので、単に月といえば秋の月をさす。（中略）月はいわゆる雪月花の一つで、古来多くの詩歌に詠まれ、物語の背景を支えてきた〞（『合本俳句歳時記　第五版』角川書店編より）。傍題に「三日月《みかづき》」「夕月」「月夜」「月光」「月明《げつめい》」など。

藤野可織

ふじの・かおり

作家。1980年京都府生まれ。2006年「いやしい鳥」で文學界新人賞を受賞しデビュー。13年「爪と目」で芥川龍之介賞、14年『おはなしして子ちゃん』でフラウ文芸大賞を受賞。著書に『私は幽霊を見ない』『ピエタとトランジ』『青木きららのちょっとした冒険』等。

季語

宝船

宝船の残骸打ち寄せて夜明け

可織

波音に紀を恋ひ寝《い》ねて宝船

裕樹

藤野可織から

宝船といえば七福神で、七福神といえばもう私のなかでは六福神だ。『六福神』、それは諸《もろ》星大二郎《ほしだいじろう》の漫画である。こんな物語だ。とある地方では、宝船に乗っているのは「六福神」で、福の神たちはお正月までに適当な人間をさらって七人目とするという。人を誘拐・監禁するのだから、当然「六福神」は忌むべき存在とされる。しかし七福神となって年を越すと、途端に縁起のいい神様としてもてはやされる。

この漫画のいいところは、宝船に乗っている神々が、長すぎる時間に倦《う》んでぐだぐだになってしまい、どうして七人じゃなきゃだめなのかすっかり忘れてしまっているところだ。神々は疑問に思いつつも、宝船の「なにがなんでも七人」という無言の要請に、どうしても抗《あらが》えない。ぞっとしつつ、なんだか羞恥で心がちくちくする。不利益や軋轢《あつれき》を生んでいるにもかかわらず惰性で慣習を強行するなんて、いかにもありがちだ。私みたいな人間こそが、日々そういう愚行を容認しているのではないか？

もうひとついいところがある。人をさらって七福神になっていると薄々知った上で七福神をありがたがるという人間側の態度である。ありえない。本当にひどい。憤りつつも、さらに羞恥で心のちくちくがつのる。これもまたありがちだ。私だってやらかさないわけがない。いや、もうやらかしているに決まっている。

私は、自分が欺瞞《ぎまん》に満ちた七福神になど決して浮かれず、きっぱりと拒絶することのできる立派な人間であることを夢見る。そうしてそんな立派な私の前に、慣習を断ち切って宝船を捨て、六人だけでバチバチにめでたくキメた六福神がクルーザーでさっそうと乗り付ける。互いの健闘を称《たた》え合う私たち。これ以上ないくらい縁起のいい光景ではないだろうか。

堀本裕樹より

古くは節分の夜の夢が初夢であったそうだ。やがて元日の夜、その後には二日の夢を初夢とするようになった。初夢を吉夢とするために、七福神を乗せた船の絵と「長き世（夜）のとをのねぶりの皆めざめ波乗り船の音のよきかな」という回文の歌を記した「宝船」を枕の下に敷いて寝るようになった。回文とはご存じの通り、上から読んでも下から読んでも同音のものをいう。この終わりのない言葉遊びの永遠性を孕《はら》んだループが、目出度《めでた》さをより引き立てるようである。今でも縁起物である「宝船」の絵図は神社などで購入できる。

藤野さんとは「東京マッハ」という公開句会イベントで何度かご一緒しているが、そのたびに彼女らしい思わぬ角度からの視点で詠まれた句がぽっと出てきて楽しい。今回の句もそうだ。「宝船」→「七福神」→『六福神』(諸星大二郎の漫画)という連想を働かせて詠んでいる。「七福神」がなぜ「七」でなければいけないのか、この疑問に簡潔に答えるならば、宗教的に特別な意味を有する聖数だからだ。しかし、諸星大二郎はその聖数を逆手にとって、ウィットに富んだ諷刺《ふうし》を利かせた。そこに藤野さん独自の解釈がなされて、打ち砕かれた「宝船の残骸」が幻出されたのである。藤野さんの並々ならぬ意思を感じる一句だ。

僕の句は新年の季語「宝船」の本意に沿ったもので、故郷の紀州《きしゅう》を思う十七音である。二〇二一年の正月は新型コロナウイルスの蔓延《まんえん》で帰郷できそうにない。常に波音のする湘南《しょうなん》の海辺に暮らす僕は、相模湾のそれを寝床で聞きながら、海流で繋《つな》がっている故郷に思いを馳《は》せている。せめて初夢のなかで七福神に交渉して「宝船」に乗せてもらい故郷に帰ろうか。

季語解説

宝船［**たからぶね**］　〝元日か二日の夜によき夢を望んで宝船を枕の下に敷いて寝ること、また、その絵。(中略)室町時代に始まり、江戸時代に盛んになった。江戸では、正月早々から「お宝、お宝」と呼んで宝船売りが売り歩いた〟(『合本俳句歳時記　第五版』角川書店編より)。

保坂和志

ほさか・かずし

作家。1956年山梨県生まれ。鎌倉に育つ。90年『プレーンソング』でデビュー。95年『この人の閾』で芥川龍之介賞、97年『季節の記憶』で谷崎潤一郎賞、2013年『未明の闘争』で野間文芸賞、18年「こことよそ」(『ハレルヤ』所収)で川端康成文学賞を受賞。猫と緑と音楽をこよなく愛する。近著に『猫がこなくなった』等。

季語

子猫

子猫遊んでた、眠ってる、日向《ひなた》

和志

ほんぱうな子猫に見入るみどり児《ご》よ

裕樹

保坂和志から

子猫は動き回る、休みなく動き回ってる、見てると幸せいっぱいになる、いいなあ！　それが、ぱたっと止《や》む。

二〇一四年六月、私は山形《やまがた》市にある東北芸工大にゲスト講師に呼ばれて行くと、キャンパスの隅の方にある美術専攻の学生たちのアトリエの中庭みたいになってるところで、子猫が三匹遊びまくっていた。

まだホントに子猫で、動きが自分のものになりきってない、手のひらに乗るくらいだが手のひらより大きい、頭は胡桃《くるみ》みたいに小さい、短いシッポがツンツン立ってる。

全身ふわふわで柔らかい、軽い、さわれてないから見えてるわけじゃないけど、爪は針のように細くとんがってるに違いない。「痛い、痛い」と痛がりながら笑いたい。引《ひ》っ掻《か》かれた細い筋が腕にいっぱいできる。

とくに元気な一匹があっちにちょっかい、こっちにちょっかい、エイッ！　ヤッ！　アレ？　ま、いいか！

鉢植えの土に丸くなる、それにもエイッ！

しつこーい！　ママァ！

ママは子育て疲れでカラの鉢に嵌《はま》って寝てる、
ママ、オッパイ。

あたしも！

アレ？　ぼくひとりだ。ま、いっか。鉢にエイッ！　なんだ、つまらない。ぼくもオッパイ。じゃないか。こいつに、ポンッ！　起きろ！　起きた！　やっぱ、オッパイ。

で、ぱたっと寝る。

こんなめちゃくちゃな子猫が、あんな思慮深い大人になるなんて想像つかないが、子猫はみんなあの、思慮深い大人猫になる。大人猫はこの子猫の幸福な時間を生涯からだの奥に保存して生きる。

堀本裕樹より

保坂さんの詠まれる猫の句をぜひ読んでみたい！　ただそれだけの純粋な思いで、というと聞こえはいいが、単なる僕のわがままともいえる願いが叶《かな》い、小躍りして喜んだ。小躍りは雀躍とも書くらしいが、保坂さんの作品を愛読してきた僕は雀が跳ねておどるように胸が高鳴っている。そうして、いただいた俳句も文章も飛び跳ねるようなリズムで書かれていて、とても楽しかった。

保坂さんのエッセイ「ただ黙ってそこにいる」のなかにも「私は猫といて本当はもっとずっと単純に楽しい。それはもう本当に『楽しい。楽しい。楽しいなあ』としか言いようがないし、それでじゅうぶんだ」というくだりがあるけれど、今回の子猫についての俳句と文章も句読点が自由に弾んでいるようで、子猫の「休みなく動き回ってる」楽しさと同時に、それを見つめている観察者の楽しさがすごく伝わってきたのだった。

俳句に「、」を用いるのは伝統的な詠み方でいえば、トリッキーなことだけれど、もちろんそれを承知で自由律的に詠まれている。また単純に定型句の視点で見ると、十六音の字足らずなのだ。「単純に」と言ったのは、この句の二つの「、」が、不思議なリズムを刻んでいるから「、」の余情をカウントすると、明確に字足らずとは言い切れないのである。そのへんが保坂さんの「俳句の自由」なのだ。この句の構造自体にも子猫のような「遊び」があり、「日向」の止め方が心憎く、文章と連動させて読むことでさらに味わいが深まるのである。

僕は保坂さんの書かれた子猫に触れて、「奔放」という言葉が浮かんできた。それから十月に生まれた我が子へと連想が及んだ。子猫も奔放だけれど、生まれてまだ二ヶ月近くしか経《た》っていない我が子も、もう少しすると、這《は》い這《は》いを始めて奔放な動きをするんだろうなあと思ったのだった。だから僕の句は、少し未来の這い這いする奔放な吾子《あこ》が、奔放な子猫をじっと見つめている想像の場面である。

ちなみに一句のなかで、「ほんぽう」とひらがなにしたのは、子猫と吾子のやわらかさを表記でも表現したかったからである。

保坂和志

季語解説

子猫［こねこ］　〝子を孕んだものうげな親猫、出生してまだ目のあかぬ子猫、離乳し遊び始めたころの子猫、いずれも可愛い〟（『合本俳句歳時記　第五版』角川書店編より）。

光浦靖子

みつうら・やすこ

タレント。1971年生まれ、愛知県出身。幼なじみの大久保佳代子と「オアシズ」を結成。著書に『50歳になりまして』等がある。趣味は手芸。ブローチ手芸の作品を集めた手芸本も四冊発表している。

季語

春めく

運針は秩序に沈み春めけり

靖子

研ぎ澄ますルアーフックや春兆《きざ》す

裕樹

光浦靖子から

誰かが言いました。「年をとるごとに心は豊かになります。だから若い頃は気づかなかった季節の変化に、とても敏感になれるんです」と。うーん……確かに若い頃より季節に敏感です。が、私の場合、心が豊かになったというより肌で感じるようになったからじゃないかなぁ？

これは本当に言葉通り、季節の変わり目は肌にボツボツができる、ということです。ほっぺに湿疹《しっしん》ができたら「あ、春が来るな」とわかります。肌だけじゃないです。喉が痛くなります。「あ、黄砂の時期だな」と気づきます。季節の変わり目に加え、ここ数年、気圧の変化にも敏感になってきました。台風の前、雨の前に頭痛がします。あ〜やだやだ。

日々つまらなかったので、髪を内側だけ緑色に染めてみました。インナーカラーです。私にしちゃあ冒険です。

新しい髪で出たテレビを見ました。なかなか格好良かったです。その時、森三中《もりさんちゅう》の黒沢《くろさわ》からラインがきました。「多分、ライトの加減だと思うんですけど、ご本人は気づいてらっしゃらないかなと、見にくいところですし。ライトの加減で白髪がすごく目立ってしまってる時がありまして、それだと老けて見えるので……」と回りくどい文章でした。黒沢は、私が白髪に気づかず、もみあげ真っ白、北大路欣也《きたおおじきんや》さんスタイルでテレビに出ていると思ったようでした。緑と白の違いもわからない黒沢の方が問題だろ!! 笑えませんでした。おしゃれでやったのに。妙な敬語が、気を使ってます感が、良かれと思って感が、本当に傷つきました。本当に傷つくというのは、私が年齢を気にする年齢になったということか。あ〜やだやだ。

堀本裕樹より

数年前、Eテレで放送された「NHK俳句」という番組で、ゲストとして光浦靖子さんにお越しいただきご一緒した。そのとき、光浦さんが手作りされたブローチを見せていただいた。カラフルでとても可愛らしいフェルトのブローチに眼を奪われたけれど、光浦さんは「こんなのもらっても男の人は困りますよね〜」と、謙遜されていたことを思い出す。思い出したのは、光浦さんの運針の句を読んだからである。

僕が裁縫の針を持ったのは小学生のときの家庭科の授業ぐらいで全くの素人なのだが、俳句作品としての観点から光浦さんの句の感想を述べると、なかなか達者なのである。

まず「運針」と「秩序」というどちらも漢字で硬い響きのある言葉が、一句のなかでバランスよく配置されている。「運針」は裁縫のときの針の運びや使い方を意味する。そこで裁縫をしている針の動きが眼に浮かんでくる。それから「秩序に沈み」と、縫われてゆく様子を明確に省略した表現で読み手に見せてくれるのだ。「秩序に」は、秩序正しく整然と針が運ばれてゆくということで、「沈み」は布やフェルトに針が刺さってリズムよく縫われる場面を捉えている。その裁縫の手触りやだんだん完成に近づいてゆく静かな華やぎとでもいうべき心持ちに、春めいたものを光浦さんは感じたのだろう。

僕は、「運針」の「針」という語から、魚釣りで用いられるルアーフックの記憶が蘇《よみがえ》った。中高生の頃にブラックバスを狙ったルアーフィッシングをよくしていたのだ。冬場のブラックバスは動きも鈍く、餌の喰いつきも悪いけれど、春になってくるとだんだん活発になる。僕の句は春先のバスを狙って、ルアーの針をやすりで入念に研いでいるのである。

針を鋭利に研いでおくと、バスの口にそれが刺さったときに深く食い込んで、釣り上げられる確率が上がるのだ。「春めく」よりも傍題「春兆す」の語感のほうが、フックの切っ先の鋭さに映えるだろう。

季語解説

春めく〔**はるめく**〕　〝寒さがゆるみ春らしくなること。気温があがり、木々の芽も動き始める〟（『合本俳句歳時記　第五版』角川書店編より）。新暦二月中旬から三月初旬あたりを指す。傍題に「春兆す」「春動く」など。

武井 壮

たけい・そう

職業、肩書き、「百獣の王」。住所、「地球」、趣味、「成長」。元・陸上十種競技日本チャンピオンにして、格闘技、野球、ゴルフなど、さまざまなスポーツの経験を持ち、テレビやラジオなどのメディア出演を中心に活躍しつつ、「自分史上最高」を目指して今なお日々成長を続けている。最新情報は、インスタグラム(@sosotakei)、YouTube(武井壮百獣の王国)をチェック。

季語

蝶

蝶《ちよう》ゆきて絵の具の白をひらきけり

壮

描きかけの黄蝶や空に其《そ》なけれど

裕樹

武井　壮から

地球に生まれて数十年が過ぎた。

多くの人と出会い、さまざまな事柄に触れ、スポーツと呼ばれる、ヒトがこしらえた遊びに興じる日々を多く過ごしてきた。

からだを鍛えたり、技を磨いたり、作戦を練ったりして生まれ持った肉体に様々な機能を加えて、我こそは、我こそはと競い合う日々だった。

何に駆り立てられてきたのだろうか。

大きなツノを携《たずさ》えてその小さなからだからは想像し得ない膂《りょりょく》力と硬くて真っ黒な鎧《よろい》を纏《まと》ったかぶとむしに、その細いしなやかなからだにふたつの鎌を備えて戦闘を一瞬も躊躇《ためら》わぬ表情のかまきりに、水中を滑らかに泳ぎ表情ひとつ崩さず獲物を仕留める魚たちに、サバンナに君臨する雄々しい鬣《たてがみ》に鋭い爪と牙で獣たちを統べる王と呼ばれる獣に憧れてきた。

蝶を見つけたある日、夢中になってあとを追い、虫採り網に収めた翅《はね》をつまんだ1グラムにも満たない軽さと、蘂《しべ》より細い6本の脚、そのか弱さに、やっと捕えた蝶を何故《なぜ》だかすぐに解き放った。踊り出すように舞いゆくその姿は蝶を追って疲れた足裏に、幼いながらもずっしりと重みを感じるからだを恨めしく感じさせたのを覚えている。

それから数十年が過ぎた。写生の時間に初めて白の絵の具をひらいたあの日から何を手に入れられただろうか。

地球は様変わりして、もうあの頃の蝶をみかけることもなくなったし、恨めしく思うこともない。

堀本裕樹より

武井壮さんには、Ｅテレの「俳句さく咲く！」という番組で、各地へ吟行を重ねながら俳句のいろはをレクチャーした。そこで感じたのは、武井さんのたぐいまれな集中力で、何をやってもすぐに勘所を押さえてマスターしてしまう才人ぶりであった。僕は蕎麦《そば》打ちをしても紙漉《かみす》きをしても餅つきをしてもいまいち冴《さ》えないのだが、武井さんがやると様《さま》になる。俳句も然《しか》りである。しっかりと俳句の型から学んでゆき、省略の妙も確実に学んでいった。「百獣の王」は俳句にもひるむことなく真正面から真剣に組み合っていったのである。

この蝶の一句を見ても、武井さんの俳句の実力がわかるだろう。しなやかでありながら、切字《きれじ》「けり」を美しくも決然と用いている。「蝶」から「絵の具の白」への転換がいい。蝶が行き過ぎ、絵の具の白をひらいて、いったい何を描こうとしたのか。紋白蝶であろうか。しかし蝶々はまるで幻のように通り過ぎていったのである。「写生の時間に初めて白の絵の具をひらいたあの日から何を手に入れられただろうか」という自問が印象的であった。

僕はふと西條八十《さいじょうやそ》の「蝶」という詩が脳裏をかすめた。「やがて地獄へ下《くだ》るとき、／そこに待つ父母《ちちはは》や／友人に私《わたし》は何を持つて行かう。〃たぶん私は懐《ふところ》から／蒼白《あをざ》め、破《やぶ》れた／蝶の死骸をとり出すだらう。／さうして渡しながら言ふだらう。〃一生を／子供のやうに、さみしく／これを追つてゐました、と。」

この詩の「蝶」は何の象徴であろうか。荘子《そうし》の「胡蝶《こちょう》の夢」の故事にも通ずるだろうが、また趣の違った切々たる夢幻性を感じるのである。

僕の句は「絵の具」から連想を得て、カンバスに「黄蝶」を置いてみた。だが、まだ描きかけである。描きかけであるが、空にはもう蝶はいない。カンバスだけに未完成の蝶の黄色い翅が漂っている。

武井　壮

季語解説

蝶［**ちょう**］〝春、最初に姿を見せるのは紋白蝶や紋黄蝶。季語では蝶といえば春であり、揚羽蝶など大型のものは夏に分類される〟（『合本俳句歳時記　第五版』角川書店編より）。「蝶生《うま》る」「初蝶」「白蝶」「蝶の昼」などの季語もある。

片岡義男

かたおか・よしお

作家、写真家、翻訳家。1939年東京都生まれ。74年に『白い波の荒野へ』で作家としてデビュー。『スローなブギにしてくれ』『ロンサム・カウボーイ』など多数の作品がベストセラーとなり、映画化されて一世を風靡する。近著に『くわえ煙草とカレーライス』『珈琲が呼ぶ』『彼らを書く』など。現在、全著作の電子書籍化を目指すプロジェクト「片岡義男.com」が進行中。

桜

なにもない日にも咲くのか桜花

義男

かのひとにこゑかけられず桜かな

裕樹

片岡義男から

友人が僕を諭《さと》して次のように言った。「俳句をひねる、という言いかたがありますね。ひねるとは、技巧を凝らすことです。俳句とは、技巧を凝らした言葉なのです」いまから三十数年前、当時の僕よりはるかに年長だった俳句の達人が、俳句の秘訣《ひけつ》について、ごく部分的にだが、軽井沢《かるいざわ》で語ってくれた。「俳句は望遠レンズです。28－125というような望遠レンズをカタオカさんも使うでしょう。28ミリで広く俯瞰《ふかん》します。遠景ですね。次に80ミリ前後で中景をおさえ、最後に125ミリでアップです」これを聞いてすぐに作ったのが、「遠雷やバス待つ女赤い靴」という句だった。年長の俳句の達人は、静かに微笑していた。

なにもない、という言いかたは五文字だな、と気づくのは、技巧を凝らすことの始まりだろうか、と僕は考える。「春風」と「桜」のふたつの季語を、僕は提示されていた。なにもない、という五文字を最初の五にして、ふたつとも僕は作ってみた。「なにもない景色支えて春風よ」と、まず一句。そして次は、「なにもない日にも咲くのか桜花」という一句が続いた。

技巧を凝らす作業には、ごく初歩の段階から高度なところまで、長い階段が続いている。

ごく初歩の段階で技巧を凝らした俳句を、その世界では、駄句、と呼んでいる。駄句の山はすぐに築くことが出来る。誰にでも。この僕にでも。

堀本裕樹より

東京での生活に疲れて帰郷し、しばらく故郷で暮らしたもののやはりうまくいかず、これが最後のチャンスとふたたび上京した。僕が二十八歳の頃の話だ。わずかなお金しか持っていなかったので、家賃の安い築二十年以上の木造アパートに住んだ。それも不動産屋さんが心優しい大家さんを紹介してくれ、やっとのことでありつけたのだった。

不安定な生活をしながらもだんだんその街に馴染《なじ》んできた折、横断歩道で信号待ちをしている片岡義男さんを見つけた。最初は遠目によく似ている人だなと思った。だが距離を詰めていくに従って、雑誌で見たことのあるご本人だと確信した。でも声など掛けられない。片岡さんの作品を何作も読んで、あの全く贅肉《ぜいにく》のない美しい文体とそこから醸し出される抒《じょ》情《じょう》性に魅了されているだけの何者でもない僕が、いったい何と声を掛けられよう。

僕は一人緊張しながら片岡さんのそばを通り過ぎた。通り過ぎたとき、片岡さんも動き出していた。僕は振り返ってその背中を見た。小説家の恰好《かっこう》のよい背中だった。僕は緊張の解けない眼差しで、駅の近くの桜を見上げた。大きく息を吐くと、桜が凛《りん》ときらめいた。

あれから時を経て僕は四十六歳になった。あのときは声を掛けられなかったけれど、今こうして僕が出した題に、片岡さんが俳句で応えてくれるという夢のような邂逅《かいこう》が叶った。

片岡さんは「なにもない」というテーマのような言葉を自ら決めて句作りされた。それがまずおもしろい。小説でもそれに似た書き方をされたりするので（たとえば「海岸にて、というタイトルでなにか書いてください」などのように）、句作りでもその方法を用いたことに思わず胸が弾んだ。それから「日にも咲くのか桜花」ときて、玉川学園の街に咲く桜を思い出した。あの頃は「なにもない日」が多かったからだ。でも、特別な日に仰ぐ桜よりも、「なにもない日」に見上げた桜のほうが、意外にいつまでも心に残るものである。

季語解説

桜［さくら］ 日本で古くから親しまれ、平安期以降「花」といえば桜を指す。現在よく目にするソメイヨシノは幕末に開発された品種。〝単に桜といえばすでに花がさいている状態をいう〟（『合本俳句歳時記　第五版』角川書店編より）。傍題に「夜桜」「老桜」など。

中村 航

なかむら・こう

小説家。2002年『リレキショ』にて文藝賞を受賞し、デビュー。ベストセラーとなった『100回泣くこと』ほか、『デビクロくんの恋と魔法』、『トリガール！』などの映像化作品や、メディアミックスで原作を手掛けた作品も多数。近著に『広告の会社、作りました』がある。

季語

短夜

短夜《みじかよ》の明けて川縁《かわべり》歩く歌

航

カセットに詰めし恋歌明易《あけやす》し

裕樹

中村航から

ステイホームに体が慣れ、〝外で飲む〟というかつての行動を、ずいぶん野蛮な行為のように思ったりする。あの頃、どうしてあんなことをしていたのだろう、と。

とはいえ今の自分の酒量は、かつてより増えてしまった。考えてみれば、終電とか、料金とか、そういうしばりがないので、家で飲むほうが酒量が増えるに決まっている。今日は少し良いことがあったから、などと思えば、よし飲もう、となるし、今日は何も良いことがなかったなあ、などと思えば、よし飲んでしまおう、となる。それはつまり毎日飲むということだから、その考え方を改める必要がある。

だけどまあ、人と会って飲むのは大好きだ。最近ではときどき、家の近くの仕事場で、友人と飲んだりする。ソファに寝転がったり、テレビを点《つ》けたり、顔を洗ったり、といったこともできるから、外で飲むよりも快適だ。語ったり、黙ったり、ということをゆるく繰り返しながら、短い夜はあっという間に過ぎていく。

ふわふわ気分で歩いて帰るとき、未明の川や空は僕に優しい。

誰もいない川縁の遊歩道で、歌ってみたりする。歌う歌は全然、風流でもないし、おしゃれでもない。普段聞いている曲とも違う。自分の好きな曲ベスト3、とかそういうのでもない。

何故なのかはわからないが、口から出てくるのは必ず浜田省吾《はまだしょうご》だ。十五歳のときショーウィンドウで見たギターに衝撃を受けた、とか、十六歳で街を出た、とか、髪をほどいて踊ろうぜ、とかそういう内容の歌。

多分八十歳になっても、僕はそれを川縁で歌うんじゃないだろうか、と思う。理由はわからない。

堀本裕樹より

中村航さんのエッセイを読んでいて、浜田省吾の名前が出てきたとき、思わず「懐かしいなあ」と声を漏らしていた。僕のなかで「浜省」の曲ですぐ思い浮かぶのは、「悲しみは雪のように」だ。夏の号に載る文章なのに、季節などおかまいなしにこの冬の歌が蘇ってくるのは、大ヒットソングの証《あかし》であろう。たくさんの名曲・ヒット曲を持つ歌手だから、思い入れのある曲は人それぞれだろうが、「悲しみは雪のように」は一九八一年にオリジナルが発表された。一九九二年にドラマ「愛という名のもとに」の主題歌になったのは、リメイク・ヴァージョンである。このオリジナルとリメイクを聴き比べるとおもしろい。オリジナルは明らかに八〇年代の素朴な楽曲であり、リメイクは明らかに九〇年代のちょっと派手めのアレンジなのだ。この年代の違いにみえる「明らかに」感に思わず微笑《ほほえ》んでしまうのである。

僕の句は「短夜」の傍題「明易し」で詠んだ。「明易し」のほうが、朝のほうに意識が傾く。今から考えるとかなり気恥ずかしい行為だけど、十代の頃はせっせと好きな曲をカセットテープに録音していた。

テレビの歌番組で好きな曲が流れる前に、ラジカセにカセットをセットする。「録音するから静かにして！」と家族に言い忘れたまま、歌が始まる少し前にガッチャンと録音のボタンを押す。しばらく順調に録音が進むなか、不意に途中で「ゆうき〜お風呂わいたよ〜！」という母親の大きな呼び声によってあえなく失敗に終わるのだった。

中村さんのエッセイと句にはなんだか懐かしさを感じる。どこか青春の延長のようでいて、まだその真《ま》っ只中《ただなか》のようでもあるからだ。最近自分はこんなふうに歌っていないなあと思う。昔はよくウォークマンのヘッドホンを耳にしながら、好きな歌を相棒にしていたものだ。川縁で歌を口ずさむ八〇歳の中村さんは、きっと素敵なおじいさんになっているのだろう。

季語解説

短夜〔みじかよ〕　〝夏は夜が短く、暑さで寝苦しいのでたちまち朝になる〟（『合本俳句歳時記　第五版』角川書店編より）。古来、共寝をした男女にとって夜明けの早さを惜しむ心情表現としても用いられる。傍題に「明易し」「明易《あけやす》」など。

山本容子

やまもと・ようこ

銅版画家。1952年、埼玉県生まれ大阪育ち。京都市立芸術大学西洋画専攻科修了。都会的で軽妙洒脱な色彩で、独自の銅版画の世界を確立。絵画に音楽や詩を融合させるジャンルを超えたコラボレーションを展開。数多くの書籍の装幀、挿画を手がける。絵本やエッセイの著作も多い。近著に『詩画集 プラテーロとわたし』がある。また、医療現場での壁画制作にも創作活動の場を広げている。

季語

梅雨

剪定《せんてい》の百の木口に梅雨宿る

容子

笹《ささ》百合《ゆり》を一輪活《い》けて梅雨入《ついり》かな

裕樹

山本容子から

年に一度、都心の小さな庭に植木屋さんがトラックに乗ってやってくる。頭に日本手拭いを巻き、地下足袋を履いた青年二人と親方の一行。静かな庭が活気を帯びる。

もう二十年にもなる行事は、花を咲かせる山茶花《さざんか》と皐月《さつき》にとって良い日になっている。三階のアトリエの窓に、柔らかな緑の葉が光に揺れる頃が目安だ。夏の予感がする時、青年達は木登りをして三階に日焼けした顔を覗《のぞ》かせる。笑みを浮かべて会釈を交わす。

夏になると蟬《せみ》の声が響く、一番高木のシラカシから仕事は始まるのだ。庭には四本の木立が育っている。彼らは、低木への光を遮らないように枝を落としてゆく。犬の墓に散華《さんげ》する山茶花や皐月のために。犬が亡くなって二十年、亡骸《なきがら》と共に植えた山桜の若木は、今年やっと花を咲かせてくれた。

十時になったので、お盆に冷茶と桜桃をのせて挨拶に降りてゆく。むせかえるような枝葉の匂いに包まれた庭。同じ歳《とし》の親方の変らぬ笑顔には皺《しわ》がしっかりと刻まれていて、私は白髪頭になってきた。変化はしつつ成長する木々と我ら。変らぬものは、お盆を運ぶ私の心根。昔祖母に教えられた事、庭師さんや大工さんには、十時と十二時そして三時にお茶やおやつの心配をする礼儀を守るべし。祖母の声が聞こえるこの日、私は遠い昔の私になって忙《せわ》しく優しくなる。

荷台一杯に枝葉を満載してトラックが出て行った。庭ではさっぱりとした木口が新鮮な香りを発しつつ雨を待っている。

堀本裕樹より

山本容子さんのお庭の木々たちは幸せである。年に一度、プロによる剪定という散髪をしてもらっているからだ。人間の散髪は見た目をよくするものだが、植物の剪定は外見をよくする面とともに、主に生育を整えるために行われる。そうして実は「剪定」は春の季語になっている。だから容子さんの句は、「剪定」と「梅雨」の季重《きがさ》なりという見方ができる。しかし、そこは簡単に季語が二つあるから、剪定を別の言葉にしましょう、とはこの句に関してはならない。この句には剪定の語がきちんと活かされているからだ。

春の季語で用いられる「剪定」の本意は、梨や林檎《りんご》などの果樹の生育や結実のために早春に行われる枝を刈り込む作業を指す。容子さんの句は庭木の剪定であり、「シラカシ」から始まるようだが、このように木の種類によって、その時期が異なってくるのだ。エッセイでは「柔らかな緑の葉が光に揺れる頃が目安」と、画家らしい鋭くも美しい描写で剪定の時期を察知しているのが印象的である。この光景はもうすぐそこに夏が感じられる。

そんな容子さんのお庭ならではの剪定の頃合があり、丁寧に仕事をしてくれる庭師が刈り込んだ「百の木口」に梅雨が宿るというのだ。この「百」は数が多いという意味合いである。剪定は木にとって痛みを伴うが、それはいのちを吹き返すための痛みだ。剪定された樹木は、梅雨の恵みを存分に享受しながら、生き生きと成長していくのである。

僕も容子さんの句と響き合うように、必然的な季重なりで植物を詠み込んでみた。夏の季語「笹百合」は故郷の熊野《くまの》の山に自生するが、数ある百合のなかで最も気品があり、清楚《せいそ》な淡紅色や香りに情趣がある。入梅の雨音に、一輪の笹百合が凜然と鳴り響くようだ。

この句の笹百合は、パンデミックで帰省できない現状の、心のなかに活けた一輪である。

季語解説

梅雨［つゆ］　〃暦の上での入梅は六月十一日ごろ、実際に梅雨に入るのは六月初旬から中旬にかけたころで、年によって前後する〃（『合本俳句歳時記　第五版』角川書店編より）。傍題に「黴雨《ばいう》」「荒梅雨《あらづゆ》」「長梅雨」「梅雨入」「梅雨曇り」など。

杉本博司

すぎもと・ひろし

美術作家。1948年東京都生まれ。74年よりNY在住。代表作に「海景」「劇場」「建築」シリーズがある。2008年に建築設計事務所「新素材研究所」を東京に設立し、MOA美術館改装などを手掛ける。09年、公益財団法人小田原文化財団を設立。「杉本文楽　曾根崎心中付り観音廻り」など舞台作品の演出も手掛ける。17年には文化施設「小田原文化財団　江之浦測候所」を開設。主な著書に『空間感』『現な像』『アートの起源』『江之浦奇譚』など。俳号は呆気羅漢。

季語

花火

夕闇に飛んで火に入る夏の花

呆気羅漢

湾へだて伊《い》勢《せ》の花火ぞ慕はしき

裕樹

杉本博司から

私にとって、華やかな夏の花火には寂しい風情が纏わりついている。それは熱海《あたみ》の花火だ。その昔、この国が高度経済成長ではしゃいでいた頃、熱海は社員旅行や接待旅行で空前の賑《にぎ》わいを見せていた。私も子供の頃、父親の会社の旅行に付き合わされて、飲めや歌えのどんちゃん騒ぎを覗き見たことがある。中小企業が集団就職で都会へ来た子供のような社員を家族として扱い、一心同体となって仕事に励む、というのが敗戦国日本のつましい姿だった。しかしやがて若い社員は社員旅行を難行苦行と思い始め、そしてだれも行かなくなった。熱海はどんどん寂れていって、バブルがはじけた頃には廃墟《はいきょ》然とした廃業ホテルが海岸沿いに立ち並ぶ、諸行無常の街となってしまった。私は街を見下ろす築50年の老朽マンションの一室を借り受けて、その変わりゆく姿を見続けてきたのだ。

熱海の花火は昭和27年に始まったのだという。私が熱海の花火を見始めたのは廃墟ホテルが並んでいた頃だった。人気《ひとけ》のない街の海に、あだ花のように咲く美しい花火。それはローマの遺跡に花火を見るような風情だった。観光のためにコンクリートで捏造《ねつぞう》された熱海城を背景に、荒城に月を見るような気持ちで私は花火を見上げていた。私はそこに文明が滅びる予感のようなものを感じていたのかもしれない。しかし皮肉なことにその予感は今裏切られている。本当の滅びの予感が、全世界を覆っているさなか、リモートワークのおかげで若者が住み始め熱海は復興したのだ。そして熱海に咲く花火からは詩情が影を潜めていった。暗喩としての季語、法は犯してはならない、しかし少しまげてみると景色がかわる。

堀本裕樹より

今でこそ「花火」は夏の季語として定着しているが、江戸時代には初秋の季題であった。それは花火が盂蘭盆会《うらぼんえ》の行事だったことに由来する。また一説に、川開きに花火を揚げる起源は、飢饉《ききん》や疫病で亡くなった死者の魂を供養するためとも言われている。そう考えると、花火の華やかさの裏にあるあわれや寂しさが、見る者の心に沁《し》み渡ってゆくようである。

今回、杉本さんの句を一読して、兼題「花火」の語が見当たらないことに気づくだろう。その代わりに「夏の花」とある。これは「飛んで火に入る夏の虫」の「虫」の部分を「花」に置き換えたのである。「夏の花」を花火に見立てたのだ。この句には「狂歌風」と但書《ただしがき》があったので、その諷詠をまねて「飛んで火に入る夏の虫」をもじり滑稽味と諷刺を狙ったことがわかる。だが、これだけで本来兼題を入れるべきところを入れずに詠んだ杉本さんの意図を汲《く》めているだろうか。そう思いを巡らしているうちに、この成語の由来に行き当たった。

それは七世紀の中国の正史『梁書《りようしよ》』に由《よ》る。南北朝時代の梁の皇帝・高祖《こうそ》と、その帝《みかど》に仕える官僚・到漑《とうがい》とのやり取りが記されているのだが、名文が書けなくなった到漑に高祖が手紙でこう言い渡すのである。「耄碌《もうろく》すると、蛾《が》が火に飛びこむような失敗をする。だからもう引退せよ」と。この成語の由来を踏まえて杉本さんの句を解釈すると、花火の題を入れず挑戦的に自ら火に飛び込むようにわざと「失敗」したのではないか。花火ではなく夏の花と意図的に書き換えることで、俳諧師でなく狂歌師としての志を貫いたのではないか。そう勝手な推測を加えて思い及ぶと、杉本さんの奥床しい微笑みがこの句にじんわりと浮かび上がってくるのだった。

僕の句は二十代の頃、知多《ちた》半島から伊勢湾を挟んで鈴鹿《すずか》の花火を見た風景だ。音のない色彩だけの遠花火が今でも心に焼きついている。「ぞ」の係り結びで「花火」を強調した。

季語解説

花火〔**はなび**〕　〝夜空に高く打ち開く打揚花火や仕掛花火などの大型のものと、庭先で楽しむ線香花火などの玩具花火とに大別される〟(『合本俳句歳時記　第五版』角川書店編より)。傍題に「揚花火」「仕掛花火」「遠花火」「花火舟」「花火師」など。

本田

ほんだ

漫画家。大学の俳句ゼミを舞台とした漫画『ほしとんで』が話題に。その他の著書に、『ガイコツ書店員 本田さん』『たったひとつのことしか知らない』『病める惑星より愛をこめて』など。

季語

台風

台風や知らぬ顔する尸《かばね》ある

本田

颱《たい》風《ふう》ががばと抱き去る屍《かばね》かな

裕樹

本田から

ゴオオオ
漫画家の本田です
ヒ～
バシャ
バシャ
学生時代の出来事です
ピンポーン
すいません隣の××ですけど
ちょっとお願い…!!
うちの敷地で人が死んでるっぽいのよ!!
怖い!! 一緒に見て!!
は!?
ついて行くと確かにこの嵐の中…
通報は
したした
その体だけずっしりとした静けさの中にあるような
これはマジで…
ていうか あんた帰ってきた時気づかなかったの!?
こういうこと…!?
マジですいません!!
事件性はなかったとのこと
以来 台風の日は辺りをすこし気にしてます
倒れてる人いないよね…

堀本裕樹より

台風は説明するまでもなく、現代でも恐れられている暴風雨だが、古来立春から数えて二百十日目は激しい風雨に襲われる日として警戒されてきた。新暦でいうと、九月一日頃のその日は、稲の開花時期にあたるので農家でも厄難が降りかからないように用心するという。「台風」にまつわる秋の季語として「二百十日」、その傍題である「厄日」「風祭《かざまつり》」も知っておきたい。「風祭」とは二百十日前後に風害を鎮めて豊作を祈願する祭のことである。

さて、今回のゲストの本田さんとはタッグを組んで俳句漫画『ほしとんで』を生み出している。もちろん実際生み出しているのは本田さんであり、僕は俳句監修者に過ぎないのだが、とある大学芸術学部の「俳句ゼミ」で繰り広げられる、個性豊かな学生たちの青春に俳句を通して立ち会えるのは実に楽しいものである。

それにしてもこの台風の最中に突如死体が出てくる漫画には驚いた。謎に満ちていて恐ろしい。隣人に助けを乞われるまで気づかなかったのはなんだか本田さんらしいとも思うのだが、しかし台風のときは雨風に気を取られて周りを見る余裕などないかもしれない。とにかくそんな強烈な体験を一句にしてくれた。

本田

「知らぬ顔する尸ある」という即物的な表現が、謎の死体の沈黙の不気味さを物語っている。同時に雨風の吹き荒れる野外で、静かに息を引き取っている存在の悲しみもじんわりと伝わってくる。
本田さんの漫画の「尸」は重量のある人物だが、台風に持っていかれる動物の亡骸もあるだろう。僕の句は「がばと」台風に鷲掴《わしづか》みにされたあと、その懐に抱かれてどこかへと持ち去られる「屍」を詠んだ。「颱風」という漢字にしたのは、風の字が重なって一層強風の趣が増すからだ。「屍」の字の選択も含め、句の内容に沿った表記を考えるのも大事である。

季語解説

台風「**たいふう**」　〝外来語「タイフーン」が「台風」と訳されたのは明治四十年ごろ。季語とされたのは大正の初めである〟（『合本俳句歳時記　第五版』角川書店編より）。傍題に「台風圏《たいふうけん》」「台風の眼」など。

町田 康

まちだ・こう

作家。1962年大阪府生まれ。81年、「INU」のボーカリストとしてレコードデビュー。97年に初の小説『くっすん大黒』でBunkamuraドゥマゴ文学賞・野間文芸新人賞、2000年に『きれぎれ』で芥川龍之介賞、01年に詩集『土間の四十八滝』で萩原朔太郎賞、05年に『告白』で谷崎潤一郎賞、08年に『宿屋めぐり』で野間文芸賞を受賞。近著に『男の愛　たびだちの詩』『私の文学史　なぜ俺はこんな人間になったのか？』等。

季語

秋の暮

激越な掌《たなごころ》あり秋の暮

康

秋の暮如来は右手上げしまま

裕樹

町田 康から

夏と秋、人間はどちらがより狂乱しているだろうか。と問えば多くの人が、「夏」と答えるだろう。というのはそらそうで、夏はみんな旅行に行くし、半裸で泳ぐし、フェスとかも多いので多くの人が狂乱しているように見えるのに比して、秋はメランコリックというか、なにかこう内省的な感じになるイメージがあるからである。

けれども本当にそうだろうか、と思うのは、人間の中にある狂乱の量は実は四季にあまり関係なく一定ではないかと思うからである。

そういう風に考えると夏の狂乱も違って見えてくる。つまりあれは気温の上昇によって人間の中にある狂乱が、揮発して人間の外、すなわち世間に漂って出ているからそう見えるに過ぎないのではないか。そしてその分、人間そのものの中には、狂乱はもうあまり残存していないのではないだろうか。

秋の暮、というのは日本の美意識の中では、「あはれ」の極みを表すらしいが、気温も下がり滅びの気配がかすかに漂う秋の空気に怯《ひる》んで、或《あ》るいは阻まれて、出て行きたいのに出て行けないで人間の身体《からだ》の中に蟠《わだかま》っている狂乱もまた、「あはれ」であるように自分には思える。

傍《はた》から見ると狂乱しているようにはまるで見えない。ひんやりした空気の中に静かに座って身じろぎひとつしない。しかし、周囲が静かな分、夏にはまるで聞こえなかった、身の内でなにかが滾《たぎ》る音が響く。しかしだからと言ってどうしようもない。滾るもの、身の内の狂乱をなすすべもなく凝視する。俺が、秋の暮、に感じるのはそんなことだった。

堀本裕樹より

Eテレの番組「NHK俳句」のゲストとして町田康さんにご出演いただいた折、楽屋で打ち合わせをしていると、町田さんが僕の句集『熊野曼陀羅』をやおら開いて呟《つぶや》かれた。

「夏の句よりも秋の句のほうが狂ってますね」

僕は不意を突かれてひやりとした。「そうですか……」と返事した後、「曼珠沙華《まんじゆしやげ》火刑のごとくならびけり」の句を指さして「これなんか、特に」と言って笑みをこぼされた。

今回の町田さんの句とエッセイを読んで、そんな印象深い場面が浮かんできたのである。そうしてあのとき呟かれたことは、まさしく町田さんが元来持っている秋のイメージであったのだと思い直した。夏の表面的な喧騒《けんそう》や熱狂よりも秋の静けさや「あはれ」のほうに狂乱を感じ取る町田さんにこそ、どこか狂気にも似た鋭敏で繊細な感覚が宿っているとも言えなくはないか。僕はそう思いつつ、秋の静けさに恐ろしさを感じ始めるのだった。

しかし「激越な掌」とはどんな掌なのか。人間は掌を使って人を殺すこともできるし、慰めることもできる。「激越」とはそうとう感情が高ぶった状態だから、秋の夕暮れのしんとしたなかで、その掌は狂乱の熱を孕んだまま行き場がないに違いない。「あり」の表現が掌の存在を際立たせる。と同時に「激しきあはれ」とでも呼びたい悲哀が滲《にじ》んでいるのだった。

僕はその掌から、高村光太郎《たかむらこうたろう》の彫刻「手」が不意に思い浮かんできた。親指が不思議に反り返った、ブロンズの大きな手だ。自分の手をモデルにしながら、仏像の施無畏印《せむいいん》を表現したそうだ。衆生《しゅじょう》の畏怖の心を取り除く手の形が施無畏印であるが、釈迦《しゃか》如来像に多く見られる印相である。秋の夕暮れ、如来は左手を衆生の願いを聞き届けようと垂らし、右手は畏れなくてよいと上げている。「激越な掌」は、如来の右手と表裏一体なのかもしれない。

季語解説

秋の暮［**あきのくれ**］　〝秋の夕暮れはもののあわれの極みを感じさせるものとして、古来多くの詩歌に親しまれてきた。（中略）秋季の終わりは、「暮の秋」といって区別する〟（『合本俳句歳時記　第五版』角川書店編より）。傍題に「秋の夕」「秋の夕べ」など。

児玉雨子

こだま・あめこ

作詞家・作家。1993年神奈川県生まれ。明治大学大学院文学研究科修士課程修了。アイドル、声優、テレビアニメ主題歌やキャラクターソングを中心に、VTuberや近田春夫など、幅広く作詞提供を行う。2021年、初の小説『誰にも奪われたくない／凸撃』を発表。23年、「##NAME##」が芥川龍之介賞候補となる。

季語

落葉

橙《だいだい》が群青《ぐんじょう》に落ち葉は宙ぶらりん

雨子

ぶらんこに落葉降るなり一葉《ひとは》乗る

裕樹

児玉雨子から

実家近くの公園に、夕方になると必死にぶらんこを漕《こ》ぎ始める女の子がいた。おそらく私より三歳ほど下だと思う。私が中学生のころ、彼女はランドセルを背負っていて、私が高校生のころ、糊《のり》の利いた制服でその身を覆い、平日の同じ時間帯に同じぶらんこを漕いでいた。

かかとにターボでもついているような揺動だった。うっかり鎖から手を離したら、遠くへ飛んで落ちてしまいそうなほどに。見たところ彼女はおとなしそうで、ひょっとしたら打ち解けられる友達も多くはなかったのかもしれない。行き場のないエネルギーをひたすらぶらんこにぶつける彼女に、どうやって教室や世の中に馴染めばいいのかわからなかった自分を重ねながらも、それを横目に家へ帰る日々だった。あまりしっかり彼女を見てしまうと、麻酔を打ったはずの孤独がじんと痛むから、そうしていた。

群青色に茜《あかね》が滲んだ空のある日、足元に積もっていた落ち葉の山をざあっと蹴散らしながら、彼女はぶらんこの上にすっくと立った。つい音につられて彼女を見上げた。彼女はこちらなど一瞥《いちべつ》もせず、またぐわんぐわんと宙を行ったり来たりしていた。今までも息をのむような場面はあったたし、きっとこれからも偶然に出会ってゆく。けれど、いくら言葉を尽くしてもたちどころに枯葉になってしまうような瞬間に立ち会ったのは、おそらくそれが初めてだった。今でも思い出すたびに、浮遊感とともにじんとした痛みがする。

堀本裕樹より

児玉雨子さんを知ったのは、水道橋博士《すいどうばしはかせ》がゲストを呼んで対話する動画だった。たまたま目に留まった動画であったが、作詞家である児玉さんが俳諧から影響を受けたというくだりに特に惹《ひ》かれた。そして芭蕉《ばしょう》の「狂句木枯《こがらし》の身は竹斎《ちくさい》に似たる哉《かな》」の一句が好きだと触れられているところがおもしろいと思った。

芭蕉の数ある名句のなかで、この句を採り上げる人は少ないだろう。仮名草子の『竹斎』に登場する、諸国を巡って狂歌を詠む藪《やぶ》医者の竹斎に己を擬してみせた芭蕉のおどけぶりが、破調《はちょう》のリズムで詠まれている。自らを竹斎に重ねながら、木枯そのものに自身を見立てている風狂の自画像にもなっているのである。

児玉さんの落葉の一句を読んで、やはり破調できたかと思った。狂句木枯の句は二十音、児玉さんの句も二十音で字余り。たまたま同じ字数になったのだろうが、偶然の一致がまたおもしろい。独特のリズム感である。

「橙が群青に」の表現は、エッセイを読めば空が暮れていく色の変化だとわかるが、句だけを観ると、果実の「橙」にも見える。ミカン科の「橙」は「回青橙《かいせいとう》」とも呼ばれ秋の季語になっているからだ。そんなイメージの膨らみもありつつ、この句はとても色彩的である。そうして「落ち葉は宙ぶらりん」に「彼女」の鬱屈《うっくつ》や孤独が浮遊している。そこに当時の児玉さん自身の孤独も重なって、ぐんぐんぶらんこが揺れ動きながら、どうしようもない切なさが痛みを伴って読み手の胸を揺さぶるのである。

僕の句は児玉さんのエッセイを読み終えたあと、すぐに浮かんできた。公園の木が落葉している。ぶらんこへと吹かれてくる。そのうちの一葉がふっとその横板に乗ったのだ。ただそれだけの句だが、「彼女」の孤独が落葉の一つに乗り移ったのかもしれない。

季語解説

落葉［おちば］　〝落葉樹は冬のあいだに葉を落としつくす。その散り敷いた葉のこと。天気のよい日の芳ばしいような匂い、散り重なったものを踏む音など、俳句にとどまらず詩情を誘う〟（『合本俳句歳時記　第五版』角川書店編より）。

いとうせいこう

いとう・せいこう

作家、クリエイター。1961年東京都生まれ。活字、映像、舞台、音楽、ウェブなど、あらゆるジャンルにわたる表現活動を行う。88年『ノーライフキング』でデビュー。99年『ボタニカル・ライフ』で講談社エッセイ賞、2013年『想像ラジオ』で野間文芸新人賞を受賞。共著に『金子兜太 いとうせいこうが選んだ「平和の俳句」』『他流試合――俳句入門真剣勝負!』等。近著は『福島モノローグ』。

季語

息白し

息白し小さなやつと大きなの

せいこう

声上ぐる児《こ》の白《しら》息《いき》や鷗《かもめ》過ぐ

裕樹

いとうせいこうから

今年（二〇二一年）から急に俳句の実作を始めた。

これまでかたくなにやらなかったのである。詩というものがいかに大変なものか、自分はあくまで散文の、理屈が導く狭小な世界で終始していたいと思っていたからだ。

俳句自体には関わっていて、複数の投稿企画で審査員として何万句も読んでは来た。が、自分で詠んではいなかったわけだ。

その投稿企画にはどちらも敬愛する故金子兜太《かねことうた》氏がからんでいて、氏からも何回か「あんたはいつかこっちに来る人間だ」と宣言されていた。晩年には「あんたは一茶《いっさ》をやるといい」と謎の発言が繰り返されたりしたが、いまだに真意はよくわからない。なにしろヒップホップのことを私から聞き知り、「ラップラップ」と覚えてやまなかった氏のことだから、何がどう本当なのやら。

だが不妊治療の末、今年の二月に久しぶりに子供を授かり、授乳やら炊事洗濯やらオムツ替えやら色々をなるべく進んでやるようにしてみると、当然ながら自分の時間がまとまっては取れなくなった。長い散文の全体像など考えている時間が今はない。

それで突然「あ、俳句だ」ということになった。例えば哺乳瓶を子供の口に突っ込んでいる十数分、ミルクの減り方以外に頭の中で言葉をじっくり吟味するのである。それは短気な自分には実にいい。育児俳句、略して「育俳」と友人のみうらじゅんが命名してくれたのだが、今回のものもそのうちのひとつだ。

堀本裕樹より

たくさんある季語のなかでも、「息白し」は非常に身体的である。気温がぐんと下がった冬の乾いた大気に向かって、凍《こご》えながら吐く息は白々と伸びては消えてゆく。我が身から熱を持って出てきた息のかたちを自分の眼で見るということに、不思議な華やぎすら感じられる。そこにはふだん無意識にしている呼吸が視覚化された、ちょっとした驚きもこもっているだろう。子どもの頃は、ほんのささいなことでも喜びたがるし、嬉《うれ》しがるのが好きだから、まるで怪獣が口から炎を吐くようにして、自分の息遣いを遊び道具に変えてしまう。

いとうせいこうさんの句を読んで思わず微笑んでしまった。優しい句だ。何も難しいところがない、それこそ子どものような句である。だが実は、子どものように作るのが難しい。

芭蕉の言葉に「俳諧は三尺の童にさせよ」というのがある。これは子どもが遊ぶように作句することの大切さを説いている。裏を返せば、技巧に走りすぎるなという戒めも含んでいるといえよう。そういう点から観ても、せいこうさんの句は自然と肩の力が抜けているのである。「小さなやつ」はお子さんの吐く息で、「大きなの」は父親であるせいこうさんの吐く息だろう。それを「と」で繋いでいるだけなのだが、ここに親子の絆《きずな》がしっかり息づいている。親と子の白息のサイズを並べるだけで、二人の様子が生命が立ち上がってくるのだ。

せいこうさんが「育俳」ならば、僕も子育て中の身なので吾子俳句で応えたい。一歳を迎えた我が子は、とりわけ鳥と滝に過剰な反応を示す。空を飛んでいる鳥をいち早く見つけては「わああああ」と甲高い声を上げる。滝を見ては「わああああ」と手を振って驚くのだ。鳥や滝のどこに感動して騒ぐのかは謎ではあるが、紀州熊野の僕の血が我が子にも流れていることを思うと、プリミティブなものへの関心を高める要因になっているのかもしれない。

季語解説

息白し［いきしろし］　〝冬季、大気が冷えることによって吐く息が白く見えること。季語としては人間の息についてのみいい、馬や犬など動物については使わない〟（『合本俳句歳時記　第五版』角川書店編より）。傍題に「白息」。

南沢奈央

みなみさわ・なお

女優。1990年埼玉県生まれ。2006年に女優活動をスタート。08年、主演ドラマ・映画「赤い糸」で注目を集める。その後も大河ドラマ「軍師官兵衛」をはじめ、ドラマ、映画、舞台、CM、ラジオMC、執筆、書評などで活躍。現在は女優業のかたわら、「nippn ihon-yomokka!」(TOKYO FM)パーソナリティを務める。

季語

梅

夜が更けて机上にむすび梅の花

奈央

梅が香《か》を辿《たど》れば鼻《び》祖《そ》に会へさうな

裕樹

南沢奈央から

梅はその日の難逃《なんのが》れ。朝、梅を食べれば、その日一日災難から逃れることができるということわざ。わたしは朝ご飯で梅干しを食べるたびに思い出す。だけど無責任なことに、食べ終えてしまえば、そんなことすっかり忘れてしまう。だから実際にその日難を逃れることができたのか、振り返ったことはない。それでも、わたしの中のささやかな朝のおまじないだ。

話は変わるが、わたしがこの世界に入ったのは、中学三年生の時に芸能事務所にスカウトされたことがきっかけだ。ただその時は、女優の仕事に全く興味がなかった上に高校受験を控えていたので断ったのだった。でも事務所は「待っています」と言い続けてくれ、後日持ってきてくれたのが、太宰府天満宮《だざいふてんまんぐう》の御守り。学問の神様の代表とも言える、福岡・太宰府の御守りが埼玉に住むわたしの手元にある、ということだけで、周りの受験生よりも誇らしく、強気でいられるような気がしたものだ。その御守りに入っている梅の花がやけに記憶に残っているから、常に持ち歩いていたのだと思う。大学受験では湯島天神《ゆしまてんじん》の梅の紋が入ったえんぴつを使っていたっけ。

梅の花を見て勉強している場面を思い出すのは、その後も勉強机に梅が登場するからだ。

大学生になり、夜遅くまでレポートを書いていると、いつもは夜食やココアを持ってきてくれる母がその日出してくれたのは、梅酒だった。「おめでとう」。二十歳を迎えた瞬間だった。節目節目で梅に励まされてきたわたしの人生。我が家の梅は、今日も静かにその日を待っている。

堀本裕樹より

南沢奈央さんには以前、僕の小説『桜木杏、俳句はじめてみました』の文庫解説を書いていただいた。とても心に沁みるやわらかな文章で、南沢さんにお願いしてよかったと思った。その文章の冒頭に、俳句を嗜《たしな》んでいた祖母君《おばぎみ》との交流が書かれている。「劇場を出《い》でて眩《まぶ》しき夏柳」、この句には「奈央の初舞台」の前書が添えられていたそうだ。南沢さんが十八歳のときの初舞台を観劇して、祖母君が詠んで贈ってくれたという。

夏の柳は春に芽吹いた葉が生長して緑が豊かになる。孫娘の初舞台を観て、その成長ぶりや演技の輝きを「夏柳」の眩しさに重ねて見ていたのだろう。思いのこもったお祝いの一句だ。

そうして祖母君からもらったという歳時記を南沢さんは「読み物として好きな一冊」とし、「俳句を詠まないくせに、歳時記はしょっちゅう読む」と記しているが、きっと今回の俳句作りの折に、祖母君の形見ともいえる歳時記が役立ったのではないだろうか。

南沢さんの梅の句は受験勉強の風景である。夜更けまで勉強するなか、お母さんが「むすび」を作ってくれたのだ。日常「おむすび」とよく言うが、これは「むすび」の美化語である。机の上には「むすび」と「梅の花」がある。梅の花は御守りに入っていた刺繡《ししゅう》だろうか。本物の「梅の花」ではないと思うので季語としては少し弱いけれど、太宰府天満宮の御守りと聞けば、菅原道真《すがわらのみちざね》の一首「東風《こち》吹かば匂《にほ》ひおこせよ梅の花〜」の香りが漂ってくるから不思議に梅の存在感がある。ちなみに「梅干し」や「梅酒」は夏の季語になっている。

僕の句は、梅の花の香りを辿ってゆけば、ご先祖様に会えそうな気がすると詠んだ。梅干しの産地であり梅林の多い紀州出身の僕の先祖がどんな人だったか知らないけれど、なんとなく「梅が香」が導いてくれそうな気がしたのだ。「鼻祖」は中国で胎生の動物は鼻から形づくられるとされたことから先祖を意味する。「梅が香」を感じ取る「鼻」に掛けてみた。

季語解説

梅〔**うめ**〕 〝春先に開花し、馥郁《ふくいく》たる香気を放つ。中国原産で、日本へは八世紀ごろには渡ってきていたとみられる〟（『合本俳句歳時記　第五版』角川書店編より）。傍題に「梅の花」「梅が香」など。

土井善晴

どい・よしはる

料理研究家。1957年大阪府生まれ。大学卒業後、スイス・フランスでフランス料理、大阪で日本料理を修業する。土井勝料理学校講師を経て、92年に「おいしいもの研究所」を設立。2022年に文化庁長官表彰。十文字学園女子大学特別招聘教授、東京大学先端科学技術研究センター客員研究員。日本の伝統生活文化を、家庭料理を通じて現代の暮らしに生かす術を提案。著書に『一汁一菜でよいという提案』『くらしのための料理学』、共著に『料理と利他』等多数。

季語

芹

ちょろちょろと芹《せり》あらう手指に見惚《みと》れ

善晴

擂《す》り胡《ご》麻《ま》を和《あ》へていよいよ芹香る

裕樹

土井善晴から

和食の満足は、自然の移ろいを自ら見つけて喜ぶところにあるのです。和食が、西洋や中国料理の直接脳を刺激する報酬系の油脂のおいしさと競っても到底かないません。しかし、今となっては、過ぎた肉食は持続不可能で、美食の国フランスでも地球環境破壊を進めぬよう、菜食に切り替える傾向にあるようです。そういう意味で、豊かな自然を背景に多様な野菜のおいしさを素直に生かす和食は、今まさに最先端を行く食文化です。しかしながら、当の日本の人々は、未《いま》だに素材よりも、味付けで飾り立てた舌先のおいしさに気を取られすぎているように思います。

早春の里山はまだ雪景色。雪解けの水際に最初に現れる緑が芹。うれしくなって、いくつか根から引き抜いて、根元や根に絡む砂石を丹念に清水で洗います。丁寧に丹念に、だれと競うこともなく、手指を動かし、芹と接する時間。彼女たちの手を見たとき、その動作の美しさにハッとするのです。料理とは自然と人間が交わるひと時です。ですからお料理する人の真価は材料に触れる手に表れてしまうのです。彼女らの手で食材が浄化されてゆくのです。和食は目で食べると言いますが、場にふさわしい器を選んで、できた料理を、自然に、ちょっときれいにする盛りつけとは、人が自然をもてなすことなのです。料理は自然と人間の間にあるものです。ですから、料理することで家族は安らぎをいただいて、心豊かになるのです。

堀本裕樹より

土井善晴さんの『一汁一菜でよいという提案』を拝読して、僕は初めて和食の思想や美学に触れた思いがして感銘した。そして俳句と共鳴するところがあることに気づかされた。そこには「一汁一菜とは、ご飯を中心とした汁と菜（おかず）。その原点を『ご飯、味噌汁《みそしる》、漬物』とする食事の型です」と記されている。まさに俳句も五七五の「型」を基本として、季語や「や」「かな」「けり」などの切字をその中で料理する文芸である。

そしてもう一つ「和食の背景には『自然』があり、西洋の食の背景には『人間の哲学』があります」という、「自然」とのつながりが俳句と共通している。季節の移ろいを繊細に感じ取りながら、その時期の旬のものをいただく和食は、当季の季語を見つけ出し、また体感しつつ五七五の言葉に織り込んでいく俳句と類似する。要するに和食も俳句も日本の根源的

土井善晴

な文化なのだ。日本人が連綿と培ってきた、日常を整え豊かにする「大切なこと」が和食であり、俳句だと思うのである。

土井さんの一句も「大切なこと」を教えてくれた。詠まれた芹を摘み取る場面は、いまや懐かしいといってもいい風景だ。しかし完全に懐かしい、追憶の出来事にしてしまってはいけない。ずっと日本の里山に残り続けてほしい情景である。

この句は芹を丹念に洗う女性の「手指に見惚れ」ているのがいい。そこに美を見出《みいだ》している土井さんの眼差しに清心《せいしん》が表れている。この清心は土井さんに、芹を摘む女性に、芹そのものにも宿っている。その芹を謹んでいただきたくなる、まことに清らかな一句である。

僕の句は妻が作ってくれた芹の胡麻和えである。妻は芹が大好きで、その旬になると、芹を料理してくれる。おかげで僕もすっかり芹が好きになった。

芹は、食感や緑の美しさはもちろん、香りがいい。さらりと茹《ゆ》でた芹と擂り胡麻が出合ったとき、芹の香気が際立って、一瞬清澄な里山へと心を連れて行ってくれるのだった。

季語解説

芹［せり］ 〝セリは水田、野川などの湿地に群生し、春の七草の一つにもなっている。葉は香りが高く柔らかいので、古くから食用としてきた〟（『合本俳句歳時記　第五版』角川書店編より）。

川上弘美

かわかみ・ひろみ

作家。1958年東京都生まれ。94年「神様」でパスカル短篇文学新人賞を受賞しデビュー。96年「蛇を踏む」で芥川龍之介賞、2001年『センセイの鞄』で谷崎潤一郎賞、07年『真鶴』で芸術選奨文部科学大臣賞、15年『水声』で読売文学賞、16年『大きな鳥にさらわれないよう』で泉鏡花文学賞を受賞。句集に『機嫌のいい犬』、エッセイに『わたしの好きな季語』等。

季語

春昼

春昼《しゅんちゅう》や鳩《はと》の出《い》でざる鳩時計

弘美

春昼の杖《つえ》つと倒れ蛇となる

裕樹

川上弘美から

「春昼」という言葉は、泉《いずみ》鏡花《きょうか》の小説『春昼』で知った。鏡花が静養のために東京から湘南へ転居したころに書かれた小説であり、冒頭近くに「近頃買求《かいもと》めた安直《あんちょく》な杖《ステッキ》を、真直《まっすぐ》に路《みち》に立てて、鎌倉《かまくら》の方へ倒れたら爺《じい》を呼ぼう、逗子《ずし》の方へ寝たら黙って置こう」という文章がある。作中の人物は、杖をついて散歩をしているのだ。春のうららかな日ざしを想起させる、一見鏡花らしくないのんびりした始まりが、やがて謎に満ちた神秘的な物語へとつながってゆく。

小説『春昼』の印象が強かったので、その後俳句を作るようになり、「春昼」が春の時候の季語だとも知ったあとも、自分の句に使ったおぼえがほとんどない。いざ使おうとしても、鏡花の小説の中の蛇や女や僧や仏像ばかりが頭の中を占めてしまうからである。

鏡花は俳句も作っているので、岩波の鏡花全集をめくって「春昼」が季語になっている句をさがしてみた。一句だけ、あった。「春昼や城あとにしてさへのかみ」。「さへのかみ」は「障の神」、イザナギが黄泉から逃げ戻った時追ってきた黄泉醜女《よもつしこめ》をさえぎるためにイザナギが投げた杖から生まれた、邪霊の侵入を防ぐ神のことらしい。つまり、小説『春昼』にも

「春昼」を季語とする鏡花の句の中にも、杖が存在するということになる。もしや『春昼』冒頭の、散歩途中でこの先の行動を決めようと倒す「安直な杖」は、邪霊除《よ》けの杖だったのだろうか？　こうしてさらに『春昼』は謎を深め、ますます「春昼」という季語を自句に使いがたくなってくるのである。

堀本裕樹より

川上弘美さんとは公開句会「東京マッハ」で二度、句座をともにしている。いずれもゲストでお越しいただいた。「東京マッハ」は会場に観客を入れて、句会をライブで見せるというもので、文筆家の千野帽子《ちのぼうし》さんが司会をし、作家で俳人の長嶋有《ながしまゆう》さん、ゲーム作家の米光一成《よねみつかずなり》さん、そして僕という基本メンバーでゲストをお呼びして句会をする。毎回観客も参加者となって、登壇者が作った句を念入りに選んで楽しむのである。時に会場は爆笑の渦に巻き込まれる。その席で、川上さんから挨拶句をいただいた折は、とても嬉しかった。

「系統樹のはてに我あり春のくれ　弘美」という句で、僕の名前「裕樹」の「樹」を詠み込み、熊野の血が流れる僕の根源的な命脈や寂寥を言い当て、大きく詠んでくださった。俳句のプレゼントをいただいて何年も経つが、僕の中で色褪《いろあ》せない大切な一句だ。

さて、川上さんの春昼の句は、ちょっとした異変を詠んでいる。眠くなりそうな春の長閑《のどか》な昼間に、鳩時計の鳩が出てこないのだ。ほんとうなら、時計の出窓から鳩が出てきて鳴いて時刻を知らせる。だが、出てこない。鳩はどこへ行ったのだ。不思議に静かな時間が流れる。そんな春昼の異変の底で、だんだんもの思いに囚《とら》われてゆく心情もうかがえる。

この句に妖しさを感じるのは、川上さんが泉鏡花の小説『春昼』に触れているからだろう。僕も再読してみたが、こんな妖しい春の昼間もない。川上さんがエッセイのなかで触れている、主人公の散策子《さんさくし》が手に持っている「安直な杖」が、妖女を退ける「邪霊除けの杖だったのだろうか？」という推察には、ハッとさせられた。

僕の句は、川上さんの示唆や『春昼』に触れて浮かんだ。『春昼』には蛇が多く登場するが、散策子の杖も実は蛇ではないかと思ったのである。手から離れ地面に倒れた瞬間、蛇となってするすると這い出すのだ。川上さんの変身譚『蛇を踏む』も踏まえつつ。

季語解説

春昼［しゅんちゅう］　〝春の昼はのんびりと明るい。うとうとと眠りを誘われるような心地よさだが、どことなくけだるさも感じる。大正以降に使われるようになった季語で、その後「秋の昼」も用いられるようになった〟（『合本俳句歳時記　第五版』角川書店編より）。

加藤 諒

かとう・りょう

俳優。1990年静岡県生まれ。多摩美術大学卒業。2000年にデビューし、ドラマや映画、バラエティ番組などで活躍。主な出演作に映画「デトロイト・メタル・シティ」「劇場版パタリロ！」、ドラマ「主に泣いてます」「ルパンの娘」等。17年度〜19年度に「NHK俳句」に出演。

季語

祭

布団干す露台《ろだい》へ遠き祭笛《まつりぶえ》

諒

焼きそばに肉見当たらぬ祭かな

裕樹

加藤　諒から

母の出身地である静岡県の浜松には、大きな凧《たこ》を揚げる事で有名な祭りがある。当時3歳だった僕も凧場に連れて行ってもらった。自分より背丈の高い人達が沢山行き交い、地面はぬかるんでいて、居心地が悪かったのを覚えている。

母に「はぐれないように手を繋いでてね」と言われ姉と手を繋いだ瞬間……。手が外れ、あっという間に家族の姿は見えなくなっていた。居心地の悪さで帰りたい気持ちでいっぱいだった僕は、そのまま来た道を戻っていった。

しかし、凧場から祖母の家までは遠く、歩いては帰れない。駐車場で途方に暮れていると、同じ法被《はっぴ》を着ている人達がバスに乗っていくのが見え、そのバスにこっそり乗車した。地元の子ども会のバスだった。

バスが目的地に到着すると、座っていた僕を見て役員のお母様方がざわつく。同じ法被を着ているけど見た事のない子どもがバスに乗っていたからだ。

さて、そこからどう救われたかというと、到着先で子ども達へお菓子を配る係の人が偶然僕の叔母だったため、「私が連れて帰るから」と言って祖母の家まで帰る事が出来たのである。

一方、家族はというと、迷子になった僕を探すも見つからず、迷子放送をしても見つからず。とても悲痛な思いで家に帰ると僕がいたので、

「何で泣かないのよ！　泣けば周りの大人が迷子センターに連れてってくれたのに！」

と怒りと安心が入り混じった涙で顔がぐしゃぐしゃになっていた。大切にされているんだなぁと思った記憶がある一方、それ以来、屄場には行かなくなった。

「浜松まつり」は大迫力な大屄や綺麗《きれい》な屋台の引き回しなどがある、楽しいお祭りだ。お子様と行かれる際は、絶対に手を離さないように……。

堀本裕樹より

昔から「祭」といえば、京都の上賀茂《かみがも》神社・下鴨《しもがも》神社の賀茂祭（葵祭《あおいまつり》）のことを指した。それ以外の夏祭も「祭」として季語に含まれる。夏祭の他にも、「春祭」「秋祭」「冬祭」と四季にわたって各地で催され、それぞれ意味合いが異なっている。夏祭は疫病や水害などの災厄除けを祈願することが多いようである。

加藤諒さんが詠んでくれた「祭」は、「浜松まつり」ということだ。ネットで検索して調べてみると、この祭は神社仏閣の祭礼とは関係のない「市民のまつり」だそうである。

浜松まつりは子どもの誕生を祝う初凧や凧合戦が見どころで、諒さんはこの凧揚げの会場で迷子になったようである。エッセイを読んでいると、迷子になった不安や寂しさ、家族と再会したときの安堵《あんど》や気持ちの揺れがよく伝わってくる。諒さんの一句は、大人になってから幼い頃に行った祭のことを思い出しているように見える。露台に布団を干しながら、遠くから聞こえる祭笛に耳を澄ましている様子からそう思えるのだ。

諒さんには一年間、ＮＨＫの番組で俳句を教えたことがあるので、この句の季重なりは意識的に用いたと考えたい。「布団」は冬の季語、「露台」は夏の季語なので、「祭笛」と合わせると三つの季語がある。「布団」か「露台」のどちらかをできれば外したいなと思うところだが、諒さんとしてはどちらも詠みたかったのだろう。きっちりと情景を描きつつ、「遠き祭笛」に余韻が感じられる佳句である。

などと、偉そうに言っているが、僕の句は諒さんの句よりも格調がない。祭の屋台で買う焼きそばには、キャベツや玉ねぎは目立つが肉が少ない、もしくはない！　と嘆いた思い出はないだろうか。そんな経験を詠んだだけの句だが、実は白川《しらかわ》静《しずか》氏の「祭」という字の解釈を踏まえている。文字学的に「祭」は、肉を祭卓に供えるという意味があるのだ。肉は、神にはもちろん、焼きそばを買った人間にもきちんと与えてほしいものである。

季語解説

祭〔まつり〕 〝夏季に行われる各神社の祭礼の総称〟（『合本俳句歳時記 第五版』角川書店編より）。傍題に「夏祭」「祭獅子《まつりじし》」「祭笛」「祭囃子《まつりばやし》」「祭提灯《まつりちょうちん》」「宵祭《よひまつり》」「山車《だし》」「神輿《みこし》」など。

中江有里

なかえ・ゆり

俳優、作家、歌手。1973年大阪府生まれ。法政大学卒業。89年に芸能界デビューし、数多くのTVドラマ、映画に出演。2002年「納豆ウドン」で「NHK大阪放送局ラジオドラマ脚本懸賞」で最高賞受賞。NHKBS2「週刊ブックレビュー」で長年司会を務めた。著書に『残りものには、過去がある』『万葉と沙羅』『水の月』等。

季語

跣

嬰児《みどりご》の柔き跣《はだし》が命中す

有里

児《こ》の素足添寝の妻の顔に乗る

裕樹

中江有里から

妹夫婦に第一子が生まれた時、親族中大騒ぎだった。わたしも熱に浮かされたように毎日顔を見に行き、眠るだけの甥《おい》を愛《め》でていた。

それから八年が過ぎ、第二子である姪《めい》が生まれた。あの熱狂再びか？　と思ったがそうでもない。嬉しいことには変わりないが、前より冷静に赤ん坊の寝顔を見ていられる。

「男の子に比べて、女の子は体が柔らかいよ」と聞いたことがあるが、八年前の抱き心地がどうにも思い出せない。

ある日、首が据わり始めた姪の子守を頼まれて抱っこしていたら、「どん」と衝撃が走った。姪が伸ばした足がわたしのみぞおちに見事ヒットしたのだ。

その瞬間、八年前のことがよみがえった。甥を抱っこしていたら、ぽってりと白い足にキックされた。赤ん坊のキックが、驚くほどの衝撃になるとは思いもしなかった。

歩き始める前の赤ん坊の足は、土踏まずが発達しておらず、甲がぷっくりと膨らんでいて、大人の足とは少し形が違う。

甥と比べると、姪は体全体が柔らかい気がする。しかしキックの衝撃はほぼ変わらない。

多分自分が赤ん坊の時も、抱っこしてくれた親や身内、保育士たちの胸や腹を幾度も蹴っただろう。誰も文句も言わず、痛みに耐えてくれたのだろう。

蹴る足は、これから歩くために日々鍛えられている。このキックだって鍛錬のひとつ。

蹴られた痛みは、喜びに変わる。

堀本裕樹より

中江有里さんとお会いしたのは、あるコミュニティFMのパーソナリティをしていた僕の番組に、ゲストとしてお越しいただいたのが最初だった。大林《おおばやし》宣彦《のぶひこ》監督の映画「ふたり」や山田《やまだ》洋次《ようじ》監督の映画「学校」など、僕の好きな作品にご出演されている中江さんにお会いするということで、緊張しながら気持ちが高ぶったことを覚えている。そのとき気分が妙に高揚したせいか、「学校」に出演している田中《たなか》邦衛《くにえ》さんの似ていない物まねまで披露したような……そんな僕の醜態など、中江さんがすっかり忘れていることを祈っている。

今回の中江さんの句は、赤ん坊に蹴りを入れられた微笑ましい場面である。微笑ましいと書いたが、「赤ん坊のキックが、驚くほどの衝撃になるとは思いもしなかった」とエッセイでも書かれているように、ほんとうになかなか強烈なものである。そう断言できるのは、僕も現在、妻と一緒に子育て中だからだ。女の子だが、もう数え切れないくらいの強烈なキックを喰らっている。この小さな体のどこに、こんなバネを秘めているのかと思うほどの力強い蹴りである。我が子はもう一歳六ヶ月になったので歩いているが、まだ抱く機会の多いなかで、ますます力が増している。特にぐずったときのキックは用心しないといけない。

「跣」は夏の季語であり、「素足」は傍題になっている。僕の句は、妻が子どもに添寝している場面だ。最初は二の字になって寝ていたのに、子どもが寝返りを打つうちに、いつの間にかLの字になって、妻の顔の上に一歳の素足が乗ってしまったまま二人とも寝ていたのである。

書斎で仕事を終えて、リビングでこの様子を眼にした僕は、思わず笑ってしまった。そして子どもの素足が顔に乗ったまま寝ている、子育てに疲れた妻の寝相を見つめた。妻には感謝しかない。

季語解説

跣［はだし］　〝跣足《はだあし》の転で、履物を履かずに地上を歩くこと。またはその足。素足は靴下などを履いていない足のこと。暑い夏には素足で過ごすことが多い〟（『合本俳句歳時記　第五版』角川書店編より）。傍題に「素足」など。

穂村 弘

ほむら・ひろし

歌人。1962年北海道生まれ。90年に歌集『シンジケート』でデビュー以降、短歌、評論、エッセイ、絵本、翻訳など幅広く活躍。2008年『短歌の友人』で伊藤整文学賞、「楽しい一日」で短歌研究賞を受賞。17年『鳥肌が』で講談社エッセイ賞を受賞。18年『水中翼船炎上中』で若山牧水賞を受賞。歌集『ドライ ドライ アイス』『ラインマーカーズ』、詩集『求愛瞳孔反射』、エッセイ集『世界音痴』『本当はちがうんだ日記』『野良猫を尊敬した日』等、著書多数。

季語

夏帽子

若き父母ありし日のわが夏帽子

弘

夏帽を折り曲げぶつけ合ふ遊び

裕樹

穂村　弘から

子どもの頃、帽子が嫌いだった。夏になると、母親に無理矢理かぶせられてしまうのだ。「日射病になるからね」というのが、その理由だった。当時は熱中症という言葉はなかった。

そんな私が、突然、帽子に夢中になったのは、小学校三年生の時だった。シャーロック・ホームズものの探偵小説にはまったせいである。主人公の名探偵ホームズに憧れたあまり、彼のトレードマークである鳥打《とりう》ち帽を真似《まね》たくてたまらなくなったのだ。だが、昭和四十年代の田舎町のこと。探しても探しても、そんな帽子は見つからない。子どもの帽子と云《い》えば、野球帽か麦藁《むぎわら》帽と決まっていた時代である。ホームズになれない、と私は絶望した。

と、書いたところで、ふと思いついて、「ホームズ　帽子」で検索をかけてみた。すると、出てきたのは鳥打ち帽ではなく鹿撃《しかう》ち帽。しかも「作中ではホームズが鹿撃ち帽をかぶっていたと明記されたことはなく、（略）シドニー・パジェットが描いた挿絵によるイメージと考えられている」とあるではないか。それが本当なら、私が夢見たホームズの帽子とは、いったい何だったのか。五十年前のあの熱烈な憧れは。

また夏が来る。今なら、その気になれば、映画やドラマなどに出てくるホームズのものとそっくりの帽子も手に入れられるだろう。でも、残念ながら欲しいとは思わない。私に帽子を無理矢理かぶせようとする人も、もういない。

堀本裕樹より

穂村弘さんとは『短歌と俳句の五十番勝負』という共著があり、そこでは出題者が出してくれた題で、一首と一句を詠み合う静かなバトルを繰り広げた。今回は僕が出した「夏帽子」の題に、穂村さんが俳句で応えてくれた穏やかなやり取りである。そうして、穂村さんの句は子どもの頃を振り返った、郷愁のたゆたう少し切ないものであった。

穂村さんは帽子嫌いだったようだが、僕は好きなほうだった。小学校の通学用の黄色い帽子などは、何の違和感も持たずに被《かぶ》っていた。友達も皆被っていたが、その被り方や傷み具合なんかには、個性が出ていたように思う。あみだに被っていたり、野球のキャッチャーのようにツバを後ろにしていたり、目深に被っていたり、なんとなくその子の被り方があった。また、同じ時期に被りはじめた帽子なのに、なぜかボロボロになっていたり、逆に汚れなく綺麗なままであったりと、帽子の状態にその子の性格や色合いが出ていたものである。

そんなことを思い出したのは、穂村さんの句とエッセイに、子どもの頃を思い出させる喚起力が強くあったからだ。確かに今では「日射病」という言葉は使われなくなった。シャーロック・ホームズは、昭和の子をわくわくさせた。穂村さんとは年齢が一回り違うけれど、僕にもよくわかる。しかし、ホームズが被っていたのは鳥打ち帽でなく、鹿撃ち帽だったとは！　しかも「鹿撃ち帽」という種類の帽子があることさえ、僕は知らなかった。こういう意外な事実を掘り出してきてエッセイに盛り込むのが、穂村さんはほんとうに達者だ。

僕の句は、帽子を折り畳んでブーメランのようにして、友達同士でやたらぶつけ合うという、今思えば変な遊びである。「なんとかカッター！」などと叫んで、ヒーローの必殺技《ひっさつわざ》を真似ていた。今ではその真似がウルトラマンだったのか、デビルマンだったのかすら、定かではない。

季語解説

夏帽子［**なつぼうし**］〝日焼を防ぎ、熱中症などから身を守るためにかぶる帽子の総称〟（『合本俳句歳時記　第五版』角川書店編より）。傍題に「夏帽」「麦藁帽子」「パナマ帽」「カンカン帽」など。

桃山鈴子

ももやま・すずこ

イモムシ画家。東京都生まれ。玉川大学農学部卒業。幼少期をニューヨーク郊外で過ごし、小学生のころから、昆虫をはじめ、いろいろな生き物に親しむ。画集『わたしはイモムシ』で The ADC Annual Awards ブロンズキューブを受賞。近著に、絵本『へんしん―すがたをかえるイモムシ』等。

季語

斑猫

斑猫《はんみょう》や火星《かせい》のような庭に飛び

鈴子

さかのぼる時は眩しき道をしへ

裕樹

桃山鈴子から

小学校低学年の頃、真夏になると庭にビニールプールを出してもらった。そして、同じ年頃の親戚6人で水遊びを楽しんだ。プールから上がると踏みしめられて固くなったむき出しの赤土が、足の裏にひりひりと熱かった。

大人になった夏のある日、久しぶりに親戚が集まり、子供時代の話に花が咲いた。

「プールで遊んでいると、なぜかいつも斑猫が来ていたよね」

そう言うと、皆、きょとんとなった。斑猫とは、虹色の美しい昆虫なのだと説明したが、誰もそんな虫はみたことがないという。しかし、私は斑猫が現れる度に、捕まえようと裸足《はだし》で庭中を追いかけていたのだ。もちろんその時、その虫が斑猫という名前だとは知らなかった。高学年になり、学研の図鑑で「ハンミョウ」を発見し、庭にいるあの美しい昆虫は「ハンミョウ」というのだと知ったのだ。

追いかけても追いかけても、斑猫はつーい、つーいと私の先を飛び、捕まえられない。そのうち本当に足の裏が火傷《やけど》をしそうに熱くなって、私は再びプールに飛び込むのだった。

あんなに美しい昆虫を、なぜ誰一人覚えていないのだろう。ところで庭は東京のど真ん中にあったので、今となっては人に話しても、「そんなところに斑猫などいるわけがない。夢でもみたのではないか」と言われそうだ。

3年前、急に斑猫に会いたくなって、神奈川県の某神社まで足を運んだが、会えずじまいだった。地球規模で昆虫が減少していると、専門家が警鐘を鳴らして久しいが、斑猫もまた生息地が減ってきているという。道おしえ（斑猫の別名）に、人類の行くべき道を尋ねたい気持ちだ。

堀本裕樹より

ある紅茶専門店でさりげなく置いてあった桃山鈴子さんの画譜『わたしはイモムシ』を手に取って開いた瞬間、衝撃が走った。こんなにイモムシを美しく描けるものかと。僕は眼を見開いて、今にももぞもぞと動き出しそうな細密な筆致と鮮烈な色彩に心を奪われた。

今回ご縁がつながりゲストにお越しいただいたが、桃山さんの詠んでくれた斑猫の飛ぶ庭の景色も美しい。「火星のような」という直喩《ちょくゆ》がとても効果的だ。火星の赤茶けた大地を背景にして、斑猫が虹色の翅を煌《きらめ》かせて飛んでゆく。その一匹の斑猫は可憐《かれん》でありながら、どこに向かうでもない孤独を背負っている。桃山さんの小学生の頃の思い出を下敷きにした句だが、どこかSFチックな荒涼とした風景にも見えてくるのである。

そういえば、斑猫のフォルムもファンタジックな洗練を感じさせ、未知の金属でできたような質感や光沢を備えている。だから火星との相性もいいのかもしれない。

夏の季語「斑猫」は、別名「道おしえ」「みちしるべ」とも言われる。その由来は文字通り、人が近づいてゆくと、先へ先へと飛んでゆき、まるで道案内するような行動をとるからだ。道端で斑猫に出会うと、思わぬ道連れができたようで、不思議な親しみさえ感じられる。

桃山さんが「追いかけても追いかけても、斑猫はつーい、つーいと私の先を飛び、捕まえられない」と書かれているが、僕も同じような体験をしている。そのたびに斑猫を追いかけながら、時間を遡《さかのぼ》っている感覚に襲われるのであった。

今、眼の前の斑猫を追っている僕は、幼かった自分を追想している。その光景は果てしなく眩しいけれど、ついに追いつくことはできないのだった。そうして、今追いかけていた斑猫も、いつの間にか見失っているのである。

季語解説

斑猫〔はんみょう〕　〝赤・黄・紫・黒・緑などの斑点のある甲虫。地上にいて、人が来ると飛び立って少し先へ行き、近づくとまた飛ぶさまが、道を教えているようなので「道おしえ」の名がある〟（『合本俳句歳時記　第五版』角川書店編より）。傍題に「道をしへ」。

最果タヒ

最 果 タ ヒ

さいはて・たひ

詩人。1986年生まれ。2006年に現代詩手帖賞、08年に第一詩集『グッドモーニング』で中原中也賞、15年に『死んでしまう系のぼくらに』で現代詩花椿賞を受賞。詩集に『夜空はいつでも最高密度の青色だ』『夜景座生まれ』などがある。そのほか、小説やエッセイ、絵本など著書多数。近著に、小説『パパララレレルル』、エッセイ『神様の友達の友達の友達はぼく』、詩集『不死身のつもりの流れ星』等。

季語

流星

神様の白《しら》髪《が》東京の流《りゅう》星《せい》

タヒ

底無しの余白ある詩へ流れ星

裕樹

最果タヒから

流れ星に特に思い出がないです。流星群を子供の頃見に行ったぐらいだろうか、でもみんな見ていただろうから、それを自分一人の思い出だとは思えない。流れ星といえば3回お願い事をすると……というあの話が漫画やアニメに登場していたことと、流星群のニュース。私にとってはそれくらいの印象で、要するにみんなと共有し続けている存在だから、一人だけの思い出にできなくなっているのかもしれない。みんなが好きでみんながロマンを抱く流れ星。人類で最初に星が流れることに気づくそんな人に私はやっぱりなりたかったな。

みんなが見るから見てみようかなと思って流星群を探しに行った私のことを、あまり思い出として美しく描くことがだからできません。みんなが見ているものを見たいってどんな意味があるんだろう、と思った。空に見えたオリオン座が綺麗でそれしか覚えていないのです。

だからたまに、今この空に、誰にも気付かれないまま流れる星があるのかなと想像する。それだけが唯一心惹かれる流れ星だから。誰のものにもならず逸話にもならず、ただ夜空を引っ掻いて消える星があれば、それが一番綺麗だろう。どうして、流れ星が発生するのか、どうして星は光るのか、ちゃんと理由が説明されるから私は「自然現象」が好き。その美しい景色が誰の目にも映らなくても、この理屈で言えば「どこかにはあるはず」と信じられるから。人が一人も見ていない流れ星もどこかにあるって科学によって信じられる。だから私は科学が好きだった。科学として学ぶ流れ星が好きだった。みんなのものになる前の、10億年前から同じ理屈で流れる星々。

今夜もどこかで、誰にも知られず燃えて流れる星がありますように。

堀本裕樹より

僕が又吉直樹さんに俳句の講義をした対談集『芸人と俳人』の文庫に巻末エッセイを書いてくださった最果タヒさんは、その文章の冒頭で「定型がこわい」と告白している。これは又吉さんの「とにかく俳句が怖かった」という感覚と似ていた。しかし、お二人とも俳句を読むのは好きで興味があったようだ。俳句を読むのは好きということは、十七音の奥深さに惹かれているからだろう。惹かれているからこそ、十七音で表現することの難しさも鋭敏に感じ取っているのだ。

そんなタヒさんが、僕もメンバーの一人として参加している公開句会「東京マッハ」のゲストにお越しくださり、俳句作りに挑戦してくれた。そして今回の僕からの突然の依頼も引き受けてくださった。タヒさんが何かの殻を破ろうとしている。俳句にアプローチすることで、定型詩の側から自らの言葉を内面を探索しようとしている。そんなふうに僕は勝手に推測しながら、タヒさんが再度俳句に挑んでくれたことがとてもうれしかった。

　タヒさんの流星の句は、定型感覚を意識しながらも破調を活かしている。「神様の白髪」と「東京の流星」との取り合わせに不思議な抒情がある。神様の白髪のなびくかたちが、そのまま星が走り去る光景に移り変わってゆくようだ。動詞が一つもないのに、宇宙の巨大な流れを感じさせる。「神様の白髪」も「東京の流星」も眼には見えないものだ。少なくとも肉眼では捉えがたい。だが、思い描くことはできる。

　タヒさんは「誰にも知られず燃えて流れる星」を東京の夜空に想像し、そこに「神様の白髪」を重ねて、じっと佇《たたず》んでいる。

　僕の句は、「白髪」から「白」を引き継いで、「余白」という語を用いて詠んだ。同時にタヒさんの詩「底 of 海 of 夜 of 夏」へのオマージュでもある。この詩の「ここは、海の底。」のあとの余韻、余白は限りなく深い。その深部へ、しんしんと流星が吸い込まれてゆく。

季語解説

流星〔**りゅうせい**〕〝夜空に突然現れ、尾を引いてたちまち消える光体。八月半ばにもっとも多いといわれる。宇宙塵《じん》が地球の大気中に入り込んで、摩擦によって発光するもの〟（『合本俳句歳時記　第五版』角川書店編より）。傍題に「流れ星」「夜這星《よばひぼし》」「星流る」など。

阿部海太

あべ・かいた

画家・絵本作家。1986年生まれ、埼玉県出身。東京藝術大学デザイン科卒業後、ドイツ、メキシコに渡る。2011年に帰国後、神話や根源的なイメージをモチーフに絵本や絵画作品を発表。書籍の装画なども手掛ける。21年に『ぼくがふえをふいたら』で日本絵本賞を受賞。絵本に『みち』『みずのこどもたち』『めざめる』、共著に『はじまりが見える世界の神話』『あの日からの或る日の絵とことば』『えほん遠野物語　しびと』『ほっきょくでうしをうつ』などがある。

季語

鹿

鹿の諸目《もろめ》にはさまれて風やみぬ

海太

鹿の眼《め》の生涯海を見ず澄めり

裕樹

阿部海太から

春に子が生まれた。予定日よりひと月ほど早く生まれた小さな我が子を家に迎え、その隣で寝た日。寝息がまるで聞こえてこないのが心配で、上から顔を覗き込んではその可愛らしい貝のような口元が微《かす》かに動いているのを確認してばかりいた。新生児の纏う空気は未だ人間のものではなく、一際それを感じさせたのが彼の二つの瞳だった。黄疸《おうだん》のせいだろうか、緑青《ろくしょう》のような鈍い緑がかった白目に淡い墨のような青黒い瞳。ぼんやりと中空を見つめているのを遮って顔と顔を突き合わせてみても、まだ焦点の合わない瞳は変わらずぼうっとした表情で漂っている。それをまじまじと見つめ返しているうちに、彼の視線は私を通り抜けてどこかもっと遠い場所に像を結んでいるように思えてくる。そんな感触に染まり始めた私の体は次第に透けていき、やがて方向を失い宙《ちゅう》を漂った。私は、今、どこに、いる、のだろう。

思い出すのはいつか動物園でスケッチした草食動物たちの横向きに離れて付いた二つの眼。彼らの顔を真正面から描いているとき、ふと手を止めて瞳を見つめてみると、どうやっても視線の合わさる感じがせず、それでも執拗《しつよう》に眼の奥と奥とを合わせようとしていると、みるみる自分が小さくなって、諸目のあい間にはさまれていくような気分になった。全ての物事がこの間に収まってしまうかもしれない、とすら思った。風の音が消え、私も消えた。

あのとき一瞬だけ佇んだあの場所に再び招いてくれた我が子は、もうこの頃は笑みをもらしながら私の顔を眺めている。

堀本裕樹より

一歳九ヶ月になる娘に「絵本、読もっか？　好きなのとってきて」と言うと、本棚から阿部海太さんの絵本『ぼくがふえをふいたら』をよく持ってくる。大好きなのだ。読み聞かせる僕も妻も、阿部さんの絵本に魅了されている。最小限の言葉数で、大きな世界へと導いてくれる。説明を省いたところに想像力が広がる。そして幻想的な絵のタッチと原始的な感覚を呼び覚ましてくれる色彩。この絵本には人間中心主義など一切ない。大自然のなかで動物とともに生きる世界。「共生」などというと、なんだか綺麗ごとに聞こえてしまうくらい、おのずから自然と一体になってゆく心地よさとその裏側にある畏怖を覚える絵本である。

そんな絵本作家の阿部さんがどんな俳句を詠まれるのか、とても楽しみにしていた。すると、想像以上に感覚の研ぎ澄まされた、読み手を幻惑させる十七音の世界を提示してくださった。まず「鹿の諸目にはさまれ」るという表現からしておもしろい。しかも「みるみる自分が小さくなって」ゆき、やがて「風の音が消え、私も消えた」というのだ。草食動物の両目の間に吸い込まれるように「私」という自我が消えて、同化してしまったのだろうか。

この句にも前述した自然と一体になってゆく心地よさと畏怖を僕は感じる。それは集中して絵を描いている阿部さんの三昧境《さんまいきょう》から発生した情景であり境地なのかもしれない。

僕の句も「鹿の眼」に焦点を合わせて詠んでみた。紀州熊野の山中で野生の鹿を見たことがあるが、あの鹿たちは一生海を見ることはないのだろう。深山《みやま》の空気を吸い、土や岩を蹴り、草に寝て、樹間を歩き、時には駆け抜けてゆくのだろう。そんな山に住む鹿がもし海を見たら、どんなふうに思うのだろうか。潮風に鼻をひくつかせて何を感じるだろう。岬の突端に佇む鹿の姿は、青海原を直視しながら、きっといつにも増して神々しいに違いない。

季語解説

鹿［**しか**］〝晩秋、鹿は交尾期を迎えると、雄同士激しく争う。雌の気を引こうとして盛んに鳴く声は、聞くと哀れをもよおす。その声の寂しさに情趣を覚え、古来、和歌に詠まれてきた〟（『合本俳句歳時記　第五版』角川書店編より）。傍題に「牡鹿《おじか》」「牝鹿《めじか》」「鹿の声」など。

加藤シゲアキ

かとう・しげあき

アーティスト・作家。1987年大阪府出身。青山学院大学法学部卒業。NEWSのメンバーとして活動しながら、2012年に『ピンクとグレー』で作家デビュー。その後もアイドルと作家活動を両立させ、21年『オルタネート』で吉川英治文学新人賞、高校生直木賞を受賞。同作は直木三十五賞候補にもなった。22年に作家デビュー10周年を記念し、責任編集を務めた『1と0と加藤シゲアキ』を刊行。

季語

団栗

団栗《どんぐり》雨一粒食《は》みて舌拭《ぬぐ》い

シゲアキ

団栗の一つに雨《う》滴《てき》一つ撥《は》ね

裕樹

加藤シゲアキから

通っていた小学校にグミの木があった。お菓子のグミではなく、さくらんぼのような赤い果実をつける植物である。梅雨時期に実るグミを、子供たちは放課後や空き時間によく捥《も》いで食べていた。味はかなり酸っぱい。そんでもってちょっと渋く、あんまり甘くない。すごく美味《おい》しいかと聞かれたら、頷《うなず》きづらい。それでも実を見つける度に食べてしまうのは、果実然としたあの見た目のせいかもしれない。食べるよりも食べる前の方が美味しい感覚。わかってもらえるだろうか。そしてあの頃を思い出すたび、グミの味が恋しくなる。

通学路にはざくろもあった。どこかの家から枝がはみ出ていて、落ちた実を拾って食べた(法律上まずいかもしれないが、子供にはよくわからないし、別段咎《とが》められることもなかった)。それも酸っぱかった。甘くもなかった。でも見つけたときは、つい食べてしまう。そうして大人になった今、ざくろはとても好きなフルーツとなった。

近所の公園にはどんぐりが落ちていた。それも美味しそうだった。だけど食べられないと聞いていた。どんぐりはタンニンが多くて、そのままじゃかなり渋い。それらを下処理したとしても、行く末はお餅にするくらい。正直あまり惹かれない。だけどリスにとっては隠すくらい好物だ。人間ももしかしたら――。

思い切って齧《かじ》ってみた。くるみみたいな味を期待しながら。しかし思い通りにはならない。口に広がった渋みを払いたくて、どんぐりを吐き出し舌を擦《こす》った。

堀本裕樹より

加藤シゲアキさんとは「タイプライターズ～物書きの世界～」というテレビ番組で初めてご一緒し、俳句についていろいろと語り合い、ミニ句会も行った。小説家として十二分に輝かしい存在感を示している加藤さんが、どんな句を詠まれるのか、楽しみであった。

番組では「水鉄砲」「日傘」「金魚」を兼題にして、加藤さんと又吉直樹さんに俳句を作ってもらったのだが、一番印象に残っている加藤さんの句は「騒ぐ若者乾いた水鉄砲」である。この句は、NEWSのメンバーと水鉄砲で遊ぶという撮影の企画から生まれたという。つまり「騒ぐ若者」は加藤さんを含めたメンバーのことだ。おもしろいのはこの句の破調のリズムである。五七五の正調をわざと崩すことで、はしゃいでいる感じがよく出た。と同時に「乾いた水鉄砲」には楽しい雰囲気を宿しつつ、どこか寂しさも感じられるのだ。「乾いた水鉄砲」の描写には、加藤さんのクールで客観的な物書きの視点が確かにある。
番組では夏の季語で一句だったが、今回は秋の季語「団栗」で詠んでいただいた。エッセイのなかではグミや柘榴《ざくろ》といった、小学生の頃の加藤さんが手に取って食べた野の味覚が懐かしく描かれている。そして団栗にも挑戦して齧ってみたというから、なんだかかわいい。その思い出が一句に詠まれている。まず「団栗雨」という言葉に惹かれた。これは加藤さんの造語であろう。「木の実雨」という秋の季語があるが、これは木から落ちるたくさんの実を雨に譬《たと》えている。なので木から団栗が雨のように降る景色を「団栗雨」から連想した。そんな団栗の降るなかで、一粒拾って食べてみた。が、その渋さにびっくりして舌からそれを追い出そうと拭ったのだ。好奇心旺盛な加藤少年の渋面が、とても微笑ましい。
僕の句は、加藤さんの句の「一」という数字に触発されて作った。一粒の団栗に降りはじめた雨粒が一つ当たって撥ねた、それだけの句だ。そこには自然の繊細で美しい交感がある。

季語解説

団栗［**どんぐり**］〝樫《かし》・楢《なら》・橅《ぶな》などの実を一般には団栗と呼んでいるが、狭義には櫟《くぬぎ》の実《み》のことをいう。椀《わん》型のはかまをもつ球形の実で固い。成熟すると茶色くなる〟（『合本俳句歳時記　第五版』角川書店編より）。傍題に「櫟の実」など。

清 水 裕 貴

しみず・ゆき

写真家・作家。1984年千葉県生まれ。2007年武蔵野美術大学映像学科卒業。16年に三木淳賞受賞。18年「手さぐりの呼吸」で「女による女のための R-18文学賞」大賞を受賞し、翌年に受賞作を改題した連作短編集『ここは夜の水のほとり』を刊行。近著に、『花盛りの椅子』『海は地下室に眠る』。

季語

クリスマス

眠れないプランクトンと聖夜越す

裕貴

水入りの瑪《め》瑙《のう》揺らすやクリスマス

裕樹

清水裕貴から

クリスマスパーティーを楽しみにしていた幼い日は遠く、今はただ電車と飲食店が混む迷惑な日という感覚しかありません。しかしこれだけ街中に賑やかな表象が溢れているのにまるっきり無視するのも罪悪感があるので、クリスマス当日までの夜は時々、イルミネーションでライトアップされた港を散歩します。

きらきらした光を見るとそれなりに気分が良くなりますが、果たして海の生き物はこんなに眩しくて大丈夫なのかと思って少し調べてみたところ、夜更かししたプランクトンが寝坊するという論文を見つけました。

プランクトンとは、水中を漂う小さな浮遊生物の総称です。魚ほど力強くは泳げませんが、少しだけ動ける奴《やつ》らもいます。東京湾に生息する、有害赤潮の原因となる植物プランクトンの多くは、昼は光合成《こうごうせい》のために水面付近をうろうろして、夜は捕食回避や体力を蓄えるために海底に潜ります。

そうした日周鉛直移動をするプランクトンを集めて、夜間に光を照射する実験をしたところ、翌朝プランクトンが水面に上昇する時間が遅れたそうです。つまり、夜間に光で起こされたせいで寝坊したのです。

なるほど、プランクトンも煌《きら》びやかな街に調子を崩されているのかもしれないなと思うと、仲間が増えたようで嬉しくなりました。

夜に地上から眺めても水の色は分かりませんが、夜更かしプランクトンによって、赤だの緑だのに変色しているのかもしれません。

堀本裕樹より

写真家であり小説も書かれる清水裕貴さんとは、写真と俳句のコラボレーションの企画で出会った。東京は京橋《きょうばし》を舞台にした「Tokyo Dialogue 2022」という企画において、都市と人間の記録を残すべく「対話」をテーマに、清水さんの写真に触発され応える形で、僕が俳句を詠んだのだ。プロジェクション、切り絵、デジタルコラージュなどの手法を用いた清水さんの写真には多層的イメージが織り込まれていたが、それに刺激された僕は、いつにも増して不思議な感覚が呼び覚まされ、思いもよらぬおもしろい句が生まれたのであった。

たとえば、ビルの建築現場の基礎となるべく組み上げられた鉄骨を写した写真から、「整然と鉄の蛇群れ建ちゆける」と詠んだ。何本もの無機質な鉄の棒が、清水さんの写真を通して観ると、鉄でできた蛇のようにうねり出したのである。この突然の不条理ともいえるインスピレーションを得られたのは、清水さんの写真の持つ鮮烈な喚起力のおかげである。

さて、今回初めて清水さんの俳句を眼にしたのだが、意表を突く発想力で驚かされた。まずプランクトンが夜更かしをしたり寝坊したりするとは初耳であった。その妙に人間的な浮遊生物と一緒に聖夜を越してゆくと詠まれた感覚がおもしろい。

清水さんの写真に観られたコラージュ的手法が、この一句においても、ライトアップされた港を背景に、海とプランクトンと人間とのイメージが交錯するかたちで表れたといってもいいだろう。

僕の句は、プランクトンから水を連想して詠んだ。水入り瑪瑙は、パワーストーンとしても売られているが、僕は単にその美しさに惹かれて購入した。産地はブラジルで、六千年から一万年前の太古の水が、瑪瑙が生成される過程でその内部に入り込んだという。

瑪瑙を揺らすと透けたその肌を通して水の揺れが見えるのだ。イエス・キリストが誕生するよりも遥《はる》か前に生まれたこの瑪瑙に触れると、地球の長大な歴史のなかで、自分が存在する時間など一瞬に過ぎないことを思い知らされるのであった。

季語解説

クリスマス［くりすます］　〝十二月二十五日。キリストの誕生日。ただし実際にいつ生まれたかは不明。ヨーロッパにおいて土俗の冬至の祭と習合したもの。教会や各家庭では聖樹（クリスマスツリー）を飾り、祝う〟（『合本俳句歳時記　第五版』角川書店編より）。傍題に「降誕祭」「聖夜」「サンタクロース」など。

松浦寿輝

まつうら・ひさき

詩人・小説家・東京大学名誉教授。1954年東京都生まれ。88年詩集『冬の本』で高見順賞、95年評論『エッフェル塔試論』で吉田秀和賞、96年評論『折口信夫論』で三島由紀夫賞、2000年「花腐し」で芥川龍之介賞、05年『半島』で読売文学賞、09年詩集『吃水都市』で萩原朔太郎賞、14年詩集『afterward』で鮎川信夫賞、15年評論『明治の表象空間』で毎日芸術賞特別賞、17年『名誉と恍惚』で谷崎潤一郎賞、19年『人外』で野間文芸賞を受賞。同年、日本芸術院賞を受賞、日本芸術院会員。近著に、『無月の譜』『香港陥落』。

去年今年

読みさして栞《しおり》ななめに去年今年《こぞことし》

寿輝

字を追へばしたたりだせり去年今年

裕樹

松浦寿輝から

当方の年齢のせいなのか慌ただしい世相のせいなのか、年越しの興というものがめっきり薄くなった。男と女に分かれてわあわあやる例のテレビの歌試合を見る習慣もないから、大《おお》晦日《みそか》の晩も結局は他の日と変わらず、眠気がさしてくるまで本を読んで過ごす。あくびの一つ二つも出れば、読みさしのページに栞をひょいと投げ入れて本を閉じ、明かりを消して布団にもぐりこむ。来し方行く末にしんみり思いを馳せるといった殊勝なこともせず、ことんと寝入ってしまい、目が覚めれば新年だが、それでことさら気持ちが改まるわけでも引き締まるわけでもない。ただ同じ本の栞を挟んだ箇所を開き、続きを読み出すだけだ。

誕生から死までの人の生涯の全体を、一冊の本を読みはじめ、読みつづけ、ついに読み終わる……ことはできず、未読部分をずいぶん残したまま、未練がましく、不請不請、嫌々ながら本を閉じるほかないわけだが、ともかくそういうひと繋がりの行為に譬えてみる。すると、「去年今年」の、行く年来る年の境で人がするのは、その長い長い本をふと読みさして、ページのあいだに栞を差し挟むという、ささやかな身振りではないかということになる。

ただし、栞を挟むその動作も、年々歳々、厳粛な儀式性を失い、無造作な、投《な》げ遣《や》りな、いい加減な手つきになってくる。「去年今年貫く棒の如《ごと》きもの」という虚子《きょし》の名高い句があるが、明治の人はやはり剛直だったのだなあとつくづく思う。令和の世に老いつつある当方には、「棒の如きもの」の実在など無縁で、ただそのつど読みかけの本にひょいと挟みこむ、ぺらりとした紙の栞があるだけである。

堀本裕樹より

僕は独り身の時代が長かった。人から「独身貴族」なんて言われたこともあったけれど、少しも貴族的要素などなく、ただ寂しい一人の時間を、手を替え品を替えしてやり過ごしていただけであった。その品の一つが俳句作りであり、読書でもあったわけだが、特に松浦寿輝さんの小説『半島』などには、孤独ゆえの危なげな心の揺らぎや愉楽の匂い立つスリリングで虚《うつ》ろな彷徨《ほうこう》に、自分の足並みもそろそろ怪しげに合わせながら、己《おの》が独り身の寂寥感を重ねたり分かち合ったりしていた。読書に耽溺《たんでき》するとはまさに『半島』体験であった。

今回、重厚な小説世界を造り上げてきた松浦さんの一句に触れて、その軽やかさに胸を打たれた。「栞ななめに」の描写に、「読みさしのページに栞をひょいと投げ入れて本を閉じ」

た一連の所作が、端的に象徴的に表れている。これは松浦さんの軽《かろ》みと言い換えてもいいだろう。そして高浜《たかはま》虚子の「去年今年貫く棒の如きもの」の茫洋《ぼうよう》とした、「去年今年」という季題を真正面からとらまえるべくある種の仰々しさを纏った句に対する、松浦さんの軽妙なる返答でもあろう。思わず唸《うな》ってしまう上手《うま》さであり、そして深みのある一句である。

一方、僕の句はちょっと外連味《けれんみ》が鼻に付くかもしれない。松浦さんと同じく、旧年から新年に移り変わっていく時間の中での読書の場面を詠んでみたのだが、齢《よわい》四十後半にもなると、布団での読書時間が短くなる。眠気がすぐ襲ってくるのだ。

とりわけ海辺に引っ越してきて寝床でも常に波の音を耳にする環境になってから、その揺《ゆ》り籠《かご》のような効用のせいか、布団に入るとすぐに眠くなってしまう。本の字を追っていると、しだいにその意味が薄れてゆき、センテンスがただの棒線となり、やがて無意味な滴《したた》りになっていく。したたりゆく字はいつの間にか暗転し、文字を追うことを完全に放棄した意識は、眠りの底へ底へと音もなくしたたり落ちてゆくのだった。

季語解説

去年今年［こぞことし］　〝元日の午前零時を境に去年から今年に移り変わること。年の行き来がすみやかなことへの感慨がこもる。「去年も今年も」という意ではない〟（『合本俳句歳時記　第五版』角川書店編より）。

又吉直樹

またよし・なおき

芸人・作家。1980年大阪府生まれ。吉本興業所属のお笑いコンビ「ピース」として活躍するかたわら、2015年に小説デビュー作『火花』で、芥川龍之介賞を受賞。著書に『劇場』『人間』、共著に『カキフライが無いなら来なかった』『まさかジープで来るとは』『その本は』等。近著に、金子兜太氏との共著『孤独の俳句 「山頭火と放哉」名句110選』、エッセイ『月と散文』。

季語

春寒

一本の歯ブラシ憎し春寒し

直樹

豆《とう》苗《みょう》の伸び乱るるや寒き春

裕樹

又吉直樹から

鼻水をすする程度の風邪を大切に引きずっていた。咳払《せきばら》いすればなんとかなりそうな声が少しだけ嗄《か》れていることに安堵さえしている。

冬の終わりに家を出ていった恋人が最後の日に洟《はな》をすすっていたから、これはその風邪が自分に移ったものかもしれない。何週間もそんな風邪の余韻に浸りつづけている。部屋に恋人のものはなにも残っていない。恋人が気に入っていた漫画本も毎日使っていた化粧水や乳液もサイズが大きなTシャツも跡形もなく消えてしまった。もう恋人と自分は無関係の他人になってしまったのだ。唯一、恋人が自分に残してくれたものがこの風邪なのだから、自分は永遠に風邪を引いていなければならない。恋人との繋がりを絶やすわけにはいかないのだ。

そんな夢から目が覚めた。一瞬、自分がどこにいるのかわからなくなる。恐ろしい夢を振り返りながら毛布をかぶりなおす。いや、二度寝をしている場合ではなかった。ようやく布団から這いでて一日の活動をはじめる。

すると、洗面台から恋人の鼻歌が聴こえてくる。まだ少し嗄れているがきれいな声だ。一緒に歯でも磨こうと声がする方へ歩いてみたが、そこには誰の影もなく、一本の歯ブラシだけが私を待っていた。恋人の歯ブラシも家族の歯ブラシもない。足の裏に冷たさを感じながら、自分の歯をガシガシと磨いた。

堀本裕樹より

文芸誌「すばる」で又吉直樹さんと二年間、「俳句のいろは」について対談を重ね、それをまとめた本『芸人と俳人』が出版されたのが二〇一五年。又吉さんとの出会いまで遡ると、もうかれこれ十年以上前になる。又吉さんとはいろいろ語り合ってきたけれど、月日の経つのは早いものである。今回『芸人と俳人』の続編的企画といえる「才人と俳人」のトリのゲストとして、又吉さんにお越しいただきとてもありがたく嬉しく思っている。

この連載を始めたときから、あらゆる方面で才能を発揮されている才人の又吉さんに最後を締めくくっていただけたらと考えていたので、まさに夢が叶ったわけである。

夢といえば、又吉さんのエッセイは睡眠中に見る夢の話から始まる。なんと切ない夢だろう。「家を出ていった恋人」から移されたであろう風邪を、自分の身の内に大切に宿している感覚が切なすぎるのだ。まるで出ていった恋人の分身のごとき風邪を後生大事に我が身に飼っているようでもある。「自分は永遠に風邪を引いていなければならない」と思うほど、恋人のことが忘れられないのだ……という「恐ろしい夢」を見た後も、やっぱり「私」は独りなのである。畳み掛けるように切ない。切ないなかに少し滑稽味も滲ませながら、この畳み掛け具合に「ああ、又吉さんだなあ」と感じる。又吉さんの持つ悲しみだと思う。その悲しみの象徴として「一本の歯ブラシ」が、一句に詠み込まれている。

「憎し」にはさまざまな感情が渦巻いている。一義的な意味合いの「憎し」ではない。下五《しもご》の「春寒し」も複雑な季語だ。立春を過ぎているにもかかわらず寒いのである。歯ブラ「シ」、憎「し」、春寒「し」の母音の·i音の重なりが、悲しみの韻律となって十七音を貫いている。

僕の句も恋人の去った後の風景を詠んでみた。恋人が出ていってから、台所の豆苗は伸び放題。彼女がいたときは水耕栽培の豆苗は収穫され、料理に使われていた。だが、もう収穫する人はいない。

料理をしない僕は、どんどん伸び乱れていく豆苗をただ茫然と見つめるだけだ。

季語解説

春寒［**はるさむ**］　〝立春後の寒さ。余寒と同じであるが、すでに春になった気分が強い〟（『合本俳句歳時記　第五版』角川書店編より）。傍題に、「春寒し」「春寒《しゆんかん》」など。

対談

堀本裕樹 × 又吉直樹

才人と
合気道

季語に潜んでいるもの

堀本　「才人と俳人」は、又吉さんとの共著『芸人と俳人』の続編的なタイトルをつけて進めてきた連載なので、最終回はぜひ又吉さんにゲストに来ていただきたいと思っていました。お引き受けいただいて、本当にありがとうございます。

又吉　こちらこそ、ありがとうございます。

堀本　『芸人と俳人』の刊行が二〇一五年ですから、あれから約八年経ったわけですけど、又吉さんの中で俳句との付き合い方は今どんな感じでしょう。

又吉　俳句が身近になったという感覚はずっとありますね。どこかで俳句を目にしたり、句集を読んだときに、よりおもしろさがわかるようにはなったというか。季節を感じやすくなるのはもちろんなんですけど、街を歩いていたり、人と接したりしているとき、日常の中で見過ごしてしまうようなことに対して意識的になれるのは、俳句の影響が大きいんじゃないかなと思います。

堀本　今回「才人と俳人」を連載していて、ゲストの方の季節の感じ方や詠みぶりが、すごく個性的でありながら、それぞれ観点が違うんだなと改めて思ったんです。たとえば、光浦靖子さんはエッセイで「季節の変わり目は肌にボツボツができる、ということです。ほっぺに湿疹ができたら、『あ、春が来るな』とわかります。肌だけじゃないです。喉が痛くなります。『あ、黄砂の時期だな』と気づきます」と。これは光浦さんなりの春の感じ方ですよね。まさに季節を肌感覚で捉えている。町田康さんも季節に対する独特な考察をされていたなぁ……。

又吉　夏と秋、どっちが狂っているか、みたいなエッセイでしたね。

堀本　一般的に夏は太陽がぎらぎらしていて熱狂の季節ということになるんだけど、町田さんの感性で言うと、夏の表面的な騒がしさや熱狂よりも、秋のしーんとした静けさの中に、逆に狂気を感じると。僕、それを読んで、ドキッとしたんですね。

又吉　僕もすごく感じるところがありましたね。四季によらず人間の狂気が一定であると仮定した場合に、夏はそれが外に出やすくて、秋は内にとどまっているんじゃないかというのは、考え方としてわかるような気もします。夏が本番で、その後の余韻として秋があるという感じ方って、ついついやってしまいがちだし、そういうふうに感じる人は多いと思います。夏にやろうとしていたけどできなかったことを、秋に振り返るというのもそうですよね。となると、秋にはまるでやることがなくて、振り返ることが秋の役目みたいになるんですけど、実はそんなことなくて、振り返るその行為自体がもしかしたら狂気に近いものがあるのかもしれないです。

堀本　「秋思《しゅうし》」という、少し哲学的な秋の物思いを本意とする秋の季語があるんですけど、実は静かな「秋思」の中に狂気も含まれるんじゃないかな。歳時記にその意味合いは載っていないですよ。載っていないけども、秋の思索的な物思いに沈んでいくことで、たがが外れて狂気に走っていくような繊細な思考が潜んでいるのかもしれない。

又吉　潜んでいそうですよね。今ふと思ったんですけど、人の季節の捉え方って置かれている状況でも大分変わるのかも。僕は昔、春夏が苦手やったんです。春は新しい出会いや初めての場所に行く機会が多いんで、すごく緊張するから。

堀本　どういうふうに馴染んでいったらいいのかということですよね。

又吉　そうです。たとえば、学校生活なら一年の後半の秋冬でようやくクラスに慣れてきたのに、なんで春で一回ぶち壊すねんと。それでも四月の間にがんばってちょっとしゃべれるようになった頃に、ゴールデンウィークがあったりするじゃないですか。あれでまたゼロに戻るんです。夏は夏で、サッカー部の練習が毎日あるから、ただただしんどい。海水浴なんかの夏のイメージの遊びは僕には与えられない権利で、そういう権利があるのは知ってるけど僕には与えられないんだという現実が、二重に重くのしかかってくる。だから、春と夏が嫌いだけど、秋がすごく好きで冬も好きという季節に対する印象を大人になっても引きずっていたんです。でも、僕の働き方だと大体同じ人たちといるんで、学生時代ほど春を怖がる必要が実はなくて、夏ももうサッカーの練習はないのに、それに気づくまでに何年もかかったんですね。

それで、最近春が好きかもな、夏もええなぁと、春夏の良さに気づき始めた頃に、古井由《ふるいよし》吉《きち》先生にお会いする機会があって、今のような話をしたことがありました。そうしたら、古井先生も若い頃は春が苦手やったらしいです。若い頃は自分自身に生命力があふれていて、春もいろんなものが芽吹くから、パワーとパワーがぶつかってしんどかったような気がすると。だけど、年齢を重ねるにつれ若い頃ほど生命力が出なくなると、植物が活発になっていく自然のエネルギーといい関係ができたような気がする、という内容のことをおっしゃっていました。これも古井先生の独特な捉え方なんですけど、腑《ふ》に落ちましたね。人の季節の捉え方は、環境的な要因で思い込んでしまうこともあるけど、置かれている状況によっても変わっていくものなんですかね。

「孤独」という時間の中で

堀本　環境や状況ということで言えば、ここ数年は地球規模の大きな変化がありましたね。「才人と俳人」の連載が始まったのは二〇二〇年夏、まさにコロナ禍の真っ只中でした。初回の小林聡美さんが、コロナ禍のミニマムな生活の中でどうやって自分の暮らしを成り立たせていくかというところを、俳句でもエッセイでもとても印象的に書いてくださり、連載の最初に提言してくださったと思います。

又吉　宮沢和史さんは秋の季語「月」のお題に、あえて夏の雰囲気を少し入れたかったと書かれていましたね。

堀本　「送り火の消えて手を引く月明かり」ですね。

又吉　時間の感覚的には、四季の春夏秋冬のサイクルが毎年繰り返されていくんですけど、同じ春が戻ってくるわけじゃないんですよね。そういう意味で言うと、コロナ禍の限定された秋に詠む俳句として、「いつものように季節を味わうことができなかった」という感覚を残したほうがより具体的なんじゃないかという宮沢さんの捉え方は、すごくおもしろかったですね。

堀本　そうですね。コロナ禍で多くの人の生活環境が変わってしまい、宮沢さんもやはりライブをしたいけどできない状況が続き、そういうところに目を向けざるを得ない時間だったとエッセイで書かれています。又吉さんはどう過ごされていましたか？

又吉　僕は今コンビで活動できていないので、これまでもやってきた個人としてのライブを続けていました。ただ、いろいろな制約から「これはもはやお笑いライブじゃなくなっている」という状態になったときに、キリよく百回目を迎えたこともあって一度ライブを締めることにしました。そのタイミングで、人と会う仕事を積極的にやめてみようと思って、減らしたんです。だから、家で一人で過ごすことが多くて、それがこの連載の最後で書かせてもらった文章につながるんですけど。とにかく一人でいると、家族がいる人を羨ましいと感じたりもしつつ、もしも僕が中学生で実家にいたらもっときつかっただろうなとも思いました。一人は一人でしんどいんですけど、人が近過ぎることも多分しんどいです。だから、一人を前向きに考えようと思って、映像作品を見たり、本を読んだり、音楽を聴いたり、プロ並みのハイボールを作る練習をしたり、という暮らしをしてましたね。

堀本　又吉さんの作るハイボール、飲んでみたいなあ。執筆活動はいかがでしたか？

又吉　やるべき仕事が目の前にあっても、外部からの影響がなかったら働く気がしないという、本来の自分の性質みたいなものを思い出しました。時間をかけて創作意欲が湧いてきて、それで書き始めるもともとのフォームのようなものを取り戻せてしまった。それはいい意味でなんですけど。一人のしんどさもありながら、こんなにも人生でゆっくりしたことって一度もなかったなと思いつつ過ごしてました。

堀本　又吉さんが以前に書かれたエッセイに、一日誰とも話さなかった夕方に「ああ」と一人で声を出してみる、みたいなくだりもありますけど、今お話を伺っていると、それとは違う質の孤独のようなものを感じました。

又吉　養成所時代や上京してすぐの頃を思い出したりもしたんです。一人の時間を持ちたいというのもあって上京して、そこからの二十年間ぐらいで、芸人の仲間が増えたり、いろんな先輩や先達と出会えたり、恋人がいた時期もあったりで、僕も大分人間に近づいているから。妖怪から人間に。

堀本　いやいや、人間ですから。ずっと人間ですからね（笑）。
又吉　人のぬくもりみたいなものを知って、そこから一人にされるとまた違うさみしさが。あれ？　俺、一人好きやったはずやけどな、という感覚が最初のほうはありました。でも、慣れてきたら、これはこれで楽しめるタイプだったというふうになったんですけど、そうなると今度は人と会うのがまた怖くなったりして。四十代になって、それなりにいろんな常識も身について、人見知りでもなくなったような気がしていたのは、あくまでも一過性のもので錯覚だったんだなという感じです。

実感から生まれる

堀本　又吉さんが詠んでくださった「一本の歯ブラシ憎し春寒し」。コロナや疫病という言葉は一切ないですけど、コロナ禍をイメージさせる印象を持ちました。文章はちょっと不思議で、エッセイと言えばエッセイだし、掌編小説と言えば掌編小説だし。又吉さんの切なさや抱えている悲しみがにじみ出ていて、とても胸にきました。又吉さんの声が切実に聞こえてくる。こういう一句とエッセイにしようと思ったのはなぜですか。
又吉　自粛期間に入って会えなくなった人が実際にたくさんいたので、そういう実感からですかね。会えない時期を過ごしてしまうと、会わなくてもよかったんだみたいになって、関係性が途切れたりするじゃないですか。この二、三年、今まで人と関係を持ち過ぎていたんじゃないかという言い方もよくされましたよね。いわゆる無駄なものを削れる良い機会として前向きに捉える人もいるみたいですけど、そんなこともないんじゃないかなと僕は思うんです。これまでと変わらず会える機会があれば続いていたかもしれない関係って、実はすごく大事ですよね。家族以外であったら、その誰かと会わずに一生を終える可能性だってあったわけですから。だから、人との関係が整理できたじゃなくて、整理されてしまったみたいな感覚が僕の中にある。それによって空いた時間もあるけど、僕はどっちかというと、人とのつながりが絶たれた、失ったという意識のほうが強いんですよね。

堀本　僕もそうですね。疫病で世界中のみんなが否応《いやおう》なく距離を取らざるを得ない状況に立たされたわけで、自分の意思で人と会わないいんじゃないいんですよね。お互いがお互いを思いやって、会いたいけど声を掛けないでいようという気持ちもあったと思います。会えないからこそ、改めてあの人の存在ってすごく大事だったなとか、あの人と話すことですごく心が楽になって笑い合えたなとか、そういうことを僕は感じていましたね。

又吉　この句は、そういう実感を入れられたらと思いました。元の生活に戻るのかな、いやまだ戻らないんだな、みたいなことを繰り返した日々でしたけど、何となく終わりが見えてきたという感覚もあった時期だったので、厳しい寒さが少し緩んだ「春寒し」がいいかなと。

堀本　「春寒し」が象徴的に効いている句ですよね。「歯ブラシ」「憎し」「春寒し」と「し」

の音を重ねたのは、自然にできたのか、それとも、意図して重ねたのか、どちらですか。

又吉　半々ぐらいですかね。「歯ブラシ」と「春寒し」が合うなと思って、その歯ブラシに対する言葉にどういうものがあるだろうと考えたときに、二つの言葉が「憎し」を引っ張り出してくれた感じです。

堀本　句会や俳句の投稿などでよくあるのが、たとえば、僕が特選に取った句が、作者本人がほとんど意図せずに韻も調べも整っているということです。本人は意識していなかったけども、作ってみたら自然に調べも良く整っていたという傾向が結構あるんです。ということは、良い内容の句は、たいてい韻律も良いということですね。又吉さんの今答えてくださった半々というのも、意識しながらも、でも無意識の部分で調べが整ったというところに、俳句作りのおもしろさが垣間見《かいまみ》えます。

往復書簡は武道であった

又吉　ゲストの皆さんすごいなと思いながら、今回、この連載を全部読ませていただきました。これは連載順なんですか？

堀本　連載のままの順番です。

又吉　初めから構成されていたかのような流れですね。第一回の小林聡美さんの句「新涼や寄席に幟のはためける」に寄席という言葉が入っているじゃないですか。寄席って、落語や物まねや曲芸や、時には漫才もやりますし、つまりお笑いを体験できる場所ですよね。現実ではそういうものを体験しづらい時期だったからこそ、お笑いのイメージがものすごくリアルに感じられましたね。

堀本　僕の中では、この連載の最後のゲストは又吉さんと決まっていたから、「これ、お笑いで始まりお笑いで終わるやん！」と。小林さんがたまたま寄席を出してくれたので、全く僕の力ではないんだけれども、我ながら見事な構成だと思います（笑）。で、この連載は、今までやってきた連載の中で、締切りが一番短かったです。

又吉　そうか。ゲストの方の原稿が来てから、堀本さんが書くんですもんね。

堀本　そうなんですよ。まず、掲載時の季節とゲストのことを思い浮かべながら、二つか三つの季語を提案します。その中からゲストの方に好きな季語を選んでもらって、俳句とエッセイを書いていただき、それらを僕が拝読してから、自分の創作に入るんです。読んでパッと思い浮かぶときも、熟考したいときもあるけど、大体、一週間以内で、早いときは二、三日でスピーディーに返信することを心がけていたんですよね。時間をかけ過ぎると、行き詰まってしまうような気もして。即興で打ち返す心構えでした。

又吉　こういうのを毎月やっていたわけですものね。毎月の連載で読んでいたら、ビビって断っていたかもしれないです。

堀本　よかった。又吉さん、読んでなくてよかったです（笑）。
又吉　たとえば、藤野可織さんの回。俳句と文章がおもしろいのはもちろんなんですけど、お二人のやり取りがとてもよかったです。
堀本　藤野さんは「宝船の残骸打ち寄せて夜明け」という俳句を詠まれ、エッセイでは諸星大二郎の漫画『六福神』を出すという、独特な切り口でしたね。
又吉　僕、『六福神』読んでないんですけど、めちゃくちゃ興味が湧いてきました。
堀本　俳句とエッセイがうまく響き合い、補完し合ってるんですよね。
又吉　そうなんです。俳句があって、エッセイでなるほどそういうことなんやという広がりがあって、さらに堀本さんがそれに返していくというのが、この連載の醍醐味《だいごみ》なんですね。
川上弘美さんの回はそれを強く感じました。
堀本　泉鏡花の小説『春昼』で、作中の人物が杖を持っている。鏡花は俳句も詠んだのですが、「春昼」の季語が使われている句を探したら一句だけあって、その句にも杖をイメージさせるものがあったんですね。
又吉　で、川上さんのエッセイに対する堀本さんの句が「春昼の杖つと倒れ蛇となる」。堀本さんが、ゲストとの戦い方……いや、戦い方じゃないな、でも、ルールでもなくて……なんやろ。相手の動きに呼吸を合わすというんですかね。鏡花っぽい感じで返してるのがすごいです。

堀本　今、又吉さんに言われて、あ、そうかって、自分でも思いましたけど、武道でいうと合気道ですね。合気道って積極的に攻撃するのではなく、相手の力を受け止めたり、うまく流したり、自分の身を守りながら、どう柔らかく投げ返すかという武道ですよね。相手と対立するんじゃなくて和合していく。ひょっとしてそれに似ているかもしれない。

又吉　共同作業みたいな。

堀本　おっしゃるとおりです。ゲストの俳句とエッセイに自分の何かが引っ張り出されるんですよ。予期せぬものが、内部からにじみ出てくる。

又吉　僕の回で堀本さんが書いてくれた豆苗のエピソード、じんわりきました。

堀本　今、妻と一人の子どもと暮らしているんですけど、二人が帰省した時期があったんですね。その間に豆苗がどんどん伸び放題になって、急に一人暮らしに戻ったみたいな感覚があったんですよ。エッセイでは妻子ではなく、「恋人」が去ったというふうにしていますが。こんな句を作ろうと思ったのは、やっぱり又吉さんの俳句と文章があったからこそなんで。僕のエッセイにそういうフィクションが加わったのも、やはり又吉さんの掌編小説のような文章に触発されていますね。

又吉　土井善晴さんとのやり取りも好きだったな。芹を芹で返していますもんね。

堀本　そうですね。この時も土井さんの気に合わせつつ、瞬発力が要りました。

又吉　創作の刺激の役割を、そもそも季語がしているんですね。季語という刺激の波がまずあって、その波によってゲストの創作という波ができ、その波を堀本さんが受けて、また波が生まれる。ちいさい波とおおきい波が交互に起こっていく感じが、連載を通してありました。

堀本　それだけ季語が持つ力が強いということでしょうね。以前、又吉さんが、季語を通して昔の思い出や懐かしさがよみがえってくるとおっしゃっていましたけど、まさに季語のイメージを深く掘り下げると、いろんな記憶や感情に行き着く。この連載でもそういう役割を果たしてくれて、なおかつ、僕とゲストをつないでくれました。

創作と記憶

又吉　穂村弘さんの「若き父母ありし日のわが夏帽子」は、まさに季語によって深く掘り下げられている句じゃないでしょうか。もちろん短歌でもそうですけど、穂村さんは記憶を喚起する力がめちゃくちゃ強いですよね。

堀本　いつもとんでもないことに気づいているんですよ。穂村さんは、死角や盲点を繊細に突いてくる。しかも、それをさらりとエッセイにされたりする。それが今回、一句の結晶となってエッセイで補完される形で、読んでみると、なるほどなと。僕もシャーロック・ホームズは鳥打ち帽だと思ってました。

又吉　鹿撃ち帽って、ピンとこないけど、頭のてっぺんにリボンみたいなのがついてるやつですね？

堀本　しかも、その鹿撃ち帽は挿絵として描かれたものであって小説には出てこないという二重の発見があるうえに、エッセイはその帽子に対する憧れの記憶にとどまらず、穂村さんの人生に落とし込まれている。お見事だなと思います。

又吉　連載を読んで一番強く残ったのは、俳人じゃなくても、こんなに俳句を作れる人がいっぱいおるんやということでした。作家さんや創作をお仕事にしておられる方だけでなく、文章表現から距離が一見あるように見える方も、皆さんすごい。たとえば、武井壮さんは、体の動きを緻密に言語化できる方だから、そもそも言葉の人でもあったんだなと思ったりしました。何かをじっくり見て、その状態を言葉に変えていくということをずっとやってきた方でもあったんですよね。

堀本　武井さんとは、Eテレの番組「俳句さく咲く！」などでご一緒しましたが、学ぼうとするときの集中力がものすごい方です。そして、それをマスターする勘所をすぐつかむんですよ。研究熱心でもあるから、スピーディーに物事を自分のものにしていく。

又吉　なるほど。スポーツって、同じ動きを再現できるということがすごく重要ですから、そもそもめちゃくちゃ得意なんでしょうね。

堀本　そうだと思います。今回の連載では、いろいろな分野で才を発揮されている方々にゲストとしておいでいただきましたが、又吉さんにとって才人とはどういうイメージですか。

又吉　自分の枠からはみ出してくれる人ですかね。僕はどれだけ時間をかけても多分それを思いつかなかったなとか、そういう発想にはならなかっただろうな、という表現をされる方に出会うと、憧れと畏れを感じますね。才人という言葉では捉えていないかもしれないですけど。何でしょうね、才人って。

堀本　僕は、自分が表現したいことをあらゆる手段で提示できる人が才人なのかなと思いますね。又吉さんは、芸人であり、小説家であり、俳優もやられるし、俳句も作られ、コロナ禍にはYouTubeで【渦《うず》】というチャンネルも始められ、たくさんの表現方法で又吉直樹という人間、表現者として才能を発揮されていますね。たとえば、お笑いのネタ作りと小説の執筆では、書き方はどんなふうに違うんですか。

又吉　ネタの場合、仮に一つのお題に対して一つの答えで返すというのであれば、持ちネタで乗り切ってしまうんですよ。怖い経験でおもろい話をと言われたら、心霊系の怖さとか暴力の怖さとかのストックが何個かあるのでそこから出していくんです。でも、一つのお題で百個答えてくれということになると、とりあえずすぐ取り出せる引き出しに入ってない、奥のほうにある記憶をたぐり寄せたり、楽しいと思っていたけど捉えようによってはあれは怖いことだったんじゃないかとか、楽し過ぎて怖いという感覚があるかもしれないと捉え直してみたりすることで、自分の中で広げていきます。小説も割とそういうところがあって、取っかかりとして記憶にあることから書いていったとしても、その先に自分が予定してなかったことが発見できたときに、初めてちゃんと仕事ができたと感じているような気がしますね。

堀本　となるとやはり、とりあえずおもしろいと感じた光景や出来事を目に留めて記憶にとどめることはすごく大事ですね。そのとき自分が何も感じなければ、ただ通り過ぎた風景として記憶にも残らないんだけど、おもしろがると記憶に残る。おもしろがるというのは、興趣を感じるという言い方もできるかもしれない。記憶のレベルであり続けて、俳句やエッセイにまだなっていないことが僕にもたくさんありますけど、たまたま何かのタイミングでフィクションが加わって広がることもある。そういう作業って何を創作するにも必要なんでしょうし、記憶にとどめたものが、いつかふわっと胸の奥から出てくるのを待つのも楽しいです。

愛を持って垣根を越える

又吉　俳句になりそうな情景だなと思う瞬間って、日常にたくさんありますもんね。気づきの頻度を上げることって、俳句を作るうえで大切ですよね。

堀本　又吉さんは自由律俳句も詠まれて、せきしろさんとの共著をコンスタントに出されています。今話されたようなことって、自由律にも深くかかわるんでしょうね。

又吉　そうだと思います。ただ、自由律はどう形にするかということも大切にしたいと思ってます。保坂和志さんと最果タヒさんの句を見ていると、こう詠んでやろうというのではなく、こうしかならないでしょと御本人がわかっておられるのが伝わります。そういう独自性があります。当たり前ですが、クラスの目立ちたがり屋が変なことをするのとは全然違って、必然性を感じるんですよね。

堀本　保坂さんにしか詠めない一句であり、タヒさんにしか詠めない一句ですから、どこも動かせないんです。俳句の初心者には安易に句読点を使わないようレクチャーしていますけど、保坂さんの「子猫遊んでた、眠ってる、日向」の点は必然であり、点によって生まれるリズムや破調、それが保坂さんだけの表現なんですね。作者の持っている言葉の熱や、突き詰めた表現の正確さや情感を感じるとき、読み手はぐっとくるんじゃないですかね。

又吉　そこなんですよね……。自由律をやろうと思って自由律で詠むとき、絶対に（尾崎《おざき》）放哉《ほうさい》と（種田《たねだ》）山頭火《さんとうか》の型にはまってしまうんですよ。もちろん、僕も含めてです。でも、自由律にはめにいく自由律だと、あんまり良くならない。

堀本　なるほど。本来は自由なはずなのに、放哉や山頭火っぽさを意識し過ぎる自由律俳句になってしまうと、おもしろくならないと。

又吉　はい。それは避けたいです。自由律は、定型にはまり切らへんかったんやな……というところを感じさせるのが、魅力になるんじゃないかと思ってます。

堀本　放哉も山頭火も初期の頃に定型俳句は作っているんですよね。だから定型で作ろうと思ったら作れるけども、そうじゃなくて自分の表現として自由律を選び取った。選び取ったという言い方をすれば意志的に聞こえるかもしれないけど、それぞれの人生の中で身体的にも精神的にも、そういう表現にならざるを得なかったということだと思います。

又吉　だから二人とも、自由律になるといきなり、定型句の時代よりも作品がめっちゃ良くなる。彼らにとってやっぱり自由律の必然性があるからなんですよね。

堀本　定型句にも、その人にとってこうしか詠めないということは同じようにあると思います。

又吉　それは一つ目指すところですね。

堀本　どのような創作や表現にも、それはあるのかもしれませんね。さっき言ったように自分が表現したいことをあらゆる手段で提示できる人が才人だと思っていますので、僕は又吉さんに才というものをすごく感じています。ずっといい刺激をもらっています。

又吉　才人というものに自分自身が当てはまるとは、もちろん僕は全く思わないですけど、小説を書いたことにたくさんの人が驚いてくれて、それで楽しんでもくれたので感謝しつつも、客観的に見たときに、何でそんなに驚かれるんだろうと思います。たとえば、会社員の方や学生さんが急に小説を書くことに対して、みんなそこまで反応しないじゃないですか。でも、僕、十九歳から芸人やってて、それで死ぬほどネタ作ってきて、コントを一つの物語として数えたら数百にはなります。登場人物は千人ぐらいいくし、セリフの数は数えきれない。エッセイも十四年ぐらい書いてきて、ある一定の期間は月に五、六本ぐらい連載していたんで、これ以上の下積みが果たしてあるのかと（笑）。だけど多くの方は、小説が好きで小説家を目指してきた二十二、三歳の会社員の方が書いた小説は自然に受け入れるけど、小説が好きで死ぬほどコントを書いてきて、文章もそれなりに書いてきた三十四歳の芸人が書いた小説に関して、こんなに驚いてくれるというのは、僕は得やけど、フェアじゃないなって思いました。

何でそういう状況が起こるのかな、もしかしたら芸人はちょっと侮られ過ぎているのかな、劇作家だとそんなに驚かれないんじゃないかな、でもミュージシャンだったら僕と似た感じになるかもしれない、みたいなことは思ったりします。

堀本　僕は、いろんな方のいろんな表現に触れ、そういう方たちとつながりながら新しい表現を楽しんでいきたいですけどね。

又吉　堀本さんは、俳人だけじゃなくて、いろんな方と俳句をやってますよね。それが僕はすごくおもしろいなと思うんです。あの人だったらできるだろうって、俳句をやったことがない人にも作らせるじゃないですか。

堀本　むちゃ振りでね。でも、単なるむちゃ振りじゃなくて、この人だったら、おもしろい句を作るに違いないという妙な確信があるんです。

又吉　それでクロスオーバーするわけですけど、本来はそれが普通のことなのかもしれないです。

堀本　垣根を作り過ぎてると思うんです。俳壇とか、歌壇とか、文壇とか、「壇」を作り過ぎに思えるんですね。それらはカテゴライズとして必要なのかもしれないけど、みんな同じように言葉を扱うんだから、俳句も短歌も詩も小説も随筆もないだろうって思うんですよ。垣根を越えることで、その人の魅力や才能が新たに発見できたり、その人自身が俳句に対して、改めておもしろさや深さを見出すかもしれないですし。

僕は今回、自分がお会いしたい人や、好きだなと思う人にお声がけさせていただきました。僕が知らないその人の魅力を一人のファンとして見たかった。こういう俳句を詠まれるんだ、この季語でこういうエッセイを書いてくださるんだと、毎回、ワクワクでした。それに対して、本当に微々たるものだけど、僕も精いっぱい何とか応えられればという気持ちでやらせてもらったんですね。それぞれのゲストのファンの方にとっても、俳句とエッセイを通して、その方の魅力を再発見できる要素が、この連載の中にはあるんじゃないかなと思います。そこをぜひ皆さんに味わってほしいですね。

又吉さんにも今回ゲストとしてお越しいただき、俳句を詠んでもらいましたが、俳句に興味を持った読者の方々に何かひと言いただければ。

又吉　怖がらずに挑戦してほしいですね。

堀本　『芸人と俳人』で俳句の連載をしていた頃、「怖い」とよく言っていましたけど、まだ怖いですか、又吉さん。

又吉　いわゆる緊張感はありますよね。さっき堀本さんがおっしゃっていたいろんな「壇」って、厳しい人がいるじゃないですか。

堀本　おそらく、どこにもいますよね。

又吉　門番みたいな人が、よそ者は入ってくるな、お前がやっていいんかと。そういうのを感じてしまうと、門の中に入るのをやめて、違う所へ行くほうが楽だなとか、自分なりに好き勝手やっているほうが、門番も刺激せずにすむし、楽しく過ごせるのかなという人って結構いると思うんですね。だけど、門番は門番で、多分どこかのタイミングで、自分が愛しているジャンルを軽んじられたりしたことがあるんでしょう。その経験があったうえで門番化してしまったと思うので、ちゃんと愛を持って向き合えば門番も、気持ちは伝わったというふうに言ってくれるんじゃないですかね。そこまでしてやりたくないと思う人もいるから難しい問題ですけど、僕は堀本さんに俳句を教えてもらったおかげで歳時記を見るのも好きになったし、句集を読むのもより好きになったので、お勧めしたいです。

堀本　ありがたいです。僕も又吉さんと俳句やお笑いの話なんかを響き合いながらする時間が、とても好きです。お互い根底に「愛」や「和」をもって受け止めて投げ返す、こういう合気道みたいな機会をまた持てたらうれしいです。

あとがき

「青春と読書」誌上で「才人と俳人 俳句交換句ッ記」の連載が始まったのは、二〇二〇年の九月号でした。八月二十日発売の九月号ですから、もちろん原稿はそれより早く担当編集者に渡さなければいけません。一回目のゲストは小林聡美さんでしたが、六月末に原稿が上がってきました。仕事が早いうえに的確。見事な一句とエッセイをいただきました。僕はありがたいと感謝しつつ、「よしっ！ いよいよ始まるぞ！」と胸に火がつきました。

兼題は「新涼」です。兼題というのは、俳句や短歌を詠むにあたって、あらかじめ出しておく題のこと。そして秋の季語である「新涼」は、立秋を過ぎてからの肌身に感じる気持ちのよい涼しさのことです。「ようやく秋になったなあ」というさらりとした涼しさですね。ちなみに「涼し」は夏の季語です。夏場に風や水や雨や木陰などに感じる、ふとした涼しさ、暑さのなかで覚える涼気のことです。

小林さんの一句が見事なのは、五月末に原稿依頼をして、季節をだいぶ先取りした「新涼」の題で詠んでいただいたことも含まれます。夏に秋のことを想像しながら一句を詠むのはなかなかたいへんですし、詠もうとしても、いまいちイメージが湧きづらいでしょう。でも小林さんは、「新涼や」と上五《かみご》で詠嘆しつつ、「寄席に幟のはためける」という初秋の季節と響き合う演芸場の情景を上手く詠んでくださいました。これは小林さんだけでなく、ゲストの方々全員が、まだ訪れていない季節の句を原稿の締切りに合わせて、先取りして詠んでくださったということです。

僕は俳人なので、俳句雑誌から作品の依頼を受けることが日常ですから、その発売号に合わせて詠むのはある程度慣れています。「ある程度」と書いたのは、今感じている季節の句のほうがやっぱり詠みやすい。まだ来てもいない季節の句を詠むのは、経験と想像力に頼るしかないので、どこか微細なズレを心に感じるときがあります。ゲストの方々には、句作していただくうえで、そんなご苦労もおかけしました。そこを皆さん、どんと受け止めて、十人十色の個性あふれる俳句をお寄せいただきました。

連載がスタートした二〇二〇年は、新型コロナウイルスが世界中でみるみる蔓延していった恐怖と不穏の始まった年でした。僕もこの一時期「句会」という仕事をすべて失いました。句会は教室に人が集まって、それぞれ句を提出して選び合って評する場なので、どうしても飛沫《ひまつ》は飛びますし密になります。未知の得体の知れない疫病を眼の前にして、人が集まる句会は、死の恐怖と隣り合わせといってもいい場に様変わりしてしまいました。

その後、徐々にオンラインが普及し、句会もそのツールのおかげで復活していくのですが、そのようなパンデミックの最中に、往復書簡ともいえるこの連載が始まったのも、僕には大きな喜びとなりました。ゲストの方と、俳句とエッセイを通して言葉で触れ合う感覚が、尊かったのです。この毎月のやり取りが自粛生活の中で一つの張合いになりました。

この方の一句をぜひ読んでみたい！　どんな背景があってこの句を作られたのか、ぜひお聞きしたい！　そんな僕の勝手な願望が叶えられるのだから、ほんとうに幸せな連載だったと思います。しかも、僕が出した兼題にゲストの方が応えてくださるのです。このやり取りにも本書の醍醐味があり、僕の密《ひそ》かな楽しみが隠されているのです。

兼題は無作為に決めたわけではありません。ゲストの方からイメージされる事柄や風景を僕なりに踏まえながら、その季節がわかりやすく感じられる、難しすぎない季語を選びました。難しい季語を兼題にすると、物珍しさは出ますが、ゲストの方を困らせることになりますし、墓穴を掘ることにもなりかねません。自分で難しい兼題を出しておいて、「その程度の句ですか」と思われるのも面目ない。と言いつつ、本書には面目ない僕の句が、ちらほら見受けられると思いますが、どうかお許しを。僕の句とゲストの方の句とを、読み手は自由に鑑賞し、どのように響き合っているか、自分ならばこんなふうに返答の句を詠むかもしれないとか、さまざまな想像をたくましくしてくださって構いません。

たとえば、片岡義男さんがゲストのときは「桜」が兼題でした。片岡さんのエッセイにも書かれているように、僕は「春風」と「桜」の二つの季語を投げかけました。ゲストに提示する兼題は一つではなく、二つか三つくらいを挙げて、その中の一つを選んでいただくという原稿依頼のスタイルでした。ですから、片岡さんは二つの兼題のうち「桜」を選んだということです。僕はゲストがどの季語を選択するのかも、一つの楽しみだったのです。

僕はエッセイにも書きましたが、フリーターをしていた頃、町角で片岡さんをお見かけした思い出がありました。僕の俳句など、誰も読んでくれない、ただ自分には言葉しかないんだとむやみに信じているだけの若者だった頃のことです。僕は恥ずかしくて、そのとき片岡さんに声を掛けられませんでした。夢はあったけれど、何一つ成し得ていない自分が恥ずかしかったのです。あれから時が経ち、自分の連載を通して、片岡さんご本人にその思い出を文章でお伝えするときが来るなんて、全く思ってもみませんでした。

うまくいかないときも、情けないときも、自分を信じ通してみるものだなと思います。僕には才能はないけれど、根拠もなく自分を信じ通したことで、こうやってほんとうの才人と少しでも触れ合う機会を得られたのですから。本書の片岡さんの俳句とエッセイを読むたびに、僕は人生の不思議を感じます。

片岡さんの句に応えた僕の句は、「かのひとにこゑかけられず桜かな」でした。「かのひと」は僕にとって、片岡さんなのですが、読者の皆さんにとっては「かのひと」はそれぞれいろいろな人に置き換えて読むことができるのではないでしょうか。そこも俳句のおもしろさだと思います。

世界一短い詩といわれる俳句は「省略の文芸」であり、その分象徴性が高まります。象徴性が高まると、読み解き方が枝分かれして、さまざまな解釈が生まれます。ですから、僕がエッセイで書いた背景をいったんなしにして、この句だけで解釈すると、読み手によって「かのひと」が告白できなかった人になったり、喧嘩《けんか》した人になったり、それぞれの思い浮かぶ人に成りうるというわけです。

作者の詠んだ趣旨に沿って、俳句を鑑賞するのももちろん真《ま》っ直《す》ぐな楽しみ方ですが、その枠を一度取っ払って、自分の身に引きつけて読んでみるのも、きっと思わぬ発見や自らの記憶に不思議につながることでしょう。

本書は二〇一五年に刊行された又吉直樹さんとの共著『芸人と俳人』の続編の位置づけでもあります。この本単体でお読みになられても充分お楽しみいただけますが、『芸人と俳人』を読み終えてから、本書の最後のゲストである又吉さんの句とエッセイに触れていただけると、いっそう興趣が増すでしょう。

『芸人と俳人』で対談を重ねていた頃から又吉さんは才人だと、僕は常々思っていましたが、小説『火花』で芥川賞を受賞されてから、なおその才能が多方面で遺憾なく発揮されているように思います。

本書の又吉さんのエッセイは掌編小説のような読み応えで、読後しばらく空を見つめたくなるような切ない情感がありますし、俳句も『芸人と俳人』刊行当時より、さらに磨きがかかり、又吉さんらしい調べを得ながら、余情に溢れています。この一句を読んだとき、僕はとても嬉しくなりました。かつて『芸人と俳人』でお伝えしたもろもろのことが、この句に反映されていたからです。そのように言うと、僕の教授の仕方がよかったと聞こえるかもしれませんが、そうではありません。すべて又吉さんの才能と感性によるものです。勘のいい又吉さんですから、どんどんご自分で習得していく力が人一倍強いのでしょう。

又吉さんにゲストの最後を飾っていただき、なおかつ巻末の対談相手まで務めていただいたことによって、改めて『芸人と俳人』の続編としての本書の意義が出ました。又吉さん、ありがとうございました。

最後になりましたが、僕のわがままともいえるオファーに快くお応えくださったすべてのゲストの方々をはじめ、この本に素敵な衣装を着せてくださった装丁家の鈴木千佳子さん、どこか優しいキュートな似顔絵を描いてくださった朝野ペコさん、連載半ばまで支えてくださった編集者の谷口愛さん、そしてバトンタッチして最後まで心強く支えてくださった森田眞有子さん、また本書出版にあたり、お世話になった皆さまに深謝申し上げます。

令和五年七月吉日

堀本裕樹

初出

小林聡美　「青春と読書」2020年9月号
小林エリカ　「青春と読書」2020年10月号
宮沢和史　「青春と読書」2020年11月号
藤野可織　「青春と読書」2021年1月号
保坂和志　「青春と読書」2021年2月号
光浦靖子　「青春と読書」2021年3月号
武井壮　「青春と読書」2021年4月号
片岡義男　「青春と読書」2021年5月号
中村航　「青春と読書」2021年6月号
山本容子　「青春と読書」2021年7月号
杉本博司　「青春と読書」2021年8月号
本田　「青春と読書」2021年9月号
町田康　「青春と読書」2021年10月号
児玉雨子　「青春と読書」2021年11月号

いとうせいこう　「青春と読書」２０２１年12月号
南沢奈央　「青春と読書」２０２２年２月号
土井善晴　「青春と読書」２０２２年３月号
川上弘美　「青春と読書」２０２２年４月号
加藤　諒　「青春と読書」２０２２年５月号
中江有里　「青春と読書」２０２２年６月号
穂村　弘　「青春と読書」２０２２年７月号
桃山鈴子　「青春と読書」２０２２年８月号
最果タヒ　「青春と読書」２０２２年９月号
阿部海太　「青春と読書」２０２２年10月号
加藤シゲアキ　「青春と読書」２０２２年11月号
清水裕貴　「青春と読書」２０２２年12月号
松浦寿輝　「青春と読書」２０２３年１月号
又吉直樹　「青春と読書」２０２３年２月号

対談　堀本裕樹×又吉直樹　才人と合気道　書き下ろし

単行本化にあたり、加筆・修正を行いました。

参考文献

『合本俳句歳時記　第五版』
角川書店編（KADOKAWA）

装画
朝野ペコ

装丁
鈴木千佳子

堀本裕樹

ほりもと・ゆうき

1974年和歌山県生まれ。國學院大学卒業。俳句結社「蒼海」主宰、2016年度・19年度・22年度「NHK俳句」選者。二松學舍大学非常勤講師。第一句集『熊野曼陀羅』で第36回俳人協会新人賞受賞。著書に『俳句の図書室』、『散歩が楽しくなる　俳句手帳』、第二句集『一粟』。共著に『芸人と俳人』、『東京マッハ　俳句を選んで、推して、語り合う』など。近著に『海辺の俳人』、『ことちゃんとこねこ　リズムがたのしい5・7・5』がある。

才人《さいじん》と俳人《はいじん》
俳句《はいく》交換《こうかん》句《く》ッ記《き》

二〇二三年一〇月一〇日　第一刷発行

著　者　堀本裕樹《ほりもとゆうき》

発行者　樋口尚也
発行所　株式会社集英社
〒一〇一-八〇五〇
東京都千代田区一ツ橋二-五-一〇
電　話　〇三-三二三〇-六一〇〇（編集部）
〇三-三二三〇-六〇八〇（読者係）
〇三-三二三〇-六三九三（販売部）書店専用
印刷所　大日本印刷株式会社
製本所　株式会社ブックアート

ISBN978-4-08-771846-1 C0092